U0933552

职业教育电子商务专业教材系列

网店客服基础与实践

朱凝秀　李俊洁　主编

科学出版社

北京

内 容 简 介

本书按照现实中的客服介入流程分别把内容分为售前与客户的关系、售中与客户的关系、售后与客户的关系三个项目，共十三个任务。售前与客户的关系由认识客户，细分客户群体，定位优质客户，收集客户信息、创建客户资料库四部分内容构成；售中与客户的关系由分析客户数据，使用多种沟通方法，应对客户咨询，处理客户异议，收集客户信息、完善客户资料库五部分内容构成；售后与客户的关系由危机处理、维护客户关系、做好客户关怀、对信息进行数据化管理四部分内容构成。

本书既可作为高职高专电子商务、工商管理、市场营销等相关专业教材，也可作为相关培训教材和参考读物。

图书在版编目（CIP）数据

网店客服基础与实践 / 朱凝秀，李俊洁主编 . —北京 ：科学出版社，2021.3
（职业教育电子商务专业教材系列）
ISBN 978-7-03-066138-8

Ⅰ. ①网… Ⅱ. ①朱… ②李… Ⅲ. ①网店-商业经营-职业教育－教材
Ⅳ. ①F713.365.2

中国版本图书馆CIP数据核字（2020）第174929号

责任编辑：辛 桐 / 责任校对：赵丽杰
责任印制：吕春珉 / 封面设计：耕者设计工作室

科 学 出 版 社 出版
北京东黄城根北街16号
邮政编码：100717
http://www.sciencep.com
新科印刷有限公司 印刷
科学出版社发行 各地新华书店经销
*
2021 年 3 月第 一 版 开本：787×1092 1/16
2021 年 3 月第一次印刷 印张：11
字数：248 000
定价：39.00元

（如有印装质量问题，我社负责调换〈新科〉）
销售部电话 010-62136230 编辑部电话 010-62135763-8020

版权所有，侵权必究
举报电话：010-64030229；010-64034315；13501151303

前　言

网店客服基础与实践是电子商务类、工商管理类、市场营销类等专业的重要专业基础课，是电子商务专业的入门课。

本书涉及客户服务和客户关系管理的相关内容。“网店客服基础与实践”是电子商务专业的一门专业核心课程，该课程对电子商务专业学生的职业能力培养与职业素质养成起到重要支撑作用。本课程需要学生学习并掌握客户关系管理的基本理论，了解国内外客户关系管理理论和实践的最新研究成果。其主要任务是培养学生把握和管理客户关系，尤其是掌握如何建立客户关系、如何提升客户关系、如何维护客户关系、如何挽救客户关系的策略和方法，使学生在学习客户关系管理理论的同时，掌握客户组合分析、客户信息库构建、客户价值设计、客户周期管理的方法和思路，具备分析客户组合、构建客户信息库、设计客户价值、管理客户周期的能力。

本书的教学内容分为基本教学内容和实践教学两部分。

基本教学内容：讲授网店客服基础与实践中涉及的基本理论知识。例如，了解客服、客户关系管理的基本概念，了解相关信息技术在电子商务中的各种应用，了解企业的客户关系管理在企业核心竞争力中产生的影响。教学中力求理论联系实际，使学生更深刻地理解和把握相关基本理论、基本知识和基本技巧。

实践教学：分为七个部分。设计模拟实验和正确引导学生访问有代表性的电子商务网站及阅读相关资料，这是根据专业知识、岗位能力和职业素质结构的要求而设置的，全方位、多方面、分层次地培养学生的实践能力，为学生将来就业做好准备。

本书由朱凝秀担任主编，李俊洁担任副主编，具体分工如下：项目一的任务一至任务三由李俊洁编写，项目一的任务四、项目二的任务五、项目三的任务四由杨田森编写，项目二的任务一和任务二由杨本君编写，项目二的任务三、任务四和项目三的任务一至任务三由朱凝秀编写。

在编写本书的过程中，我们遇到了很多困难，在这里特别感谢各位老师对本书的认真设计和编写。

由于编者水平有限，书中难免存在疏漏之处，敬请读者批评指正。

编　者

2020 年 4 月

目　　录

项目一

售前与客户的关系

情景引入

苏小萌是一个职场新人，今天是她进入公司的第一天。为了让新进员工能更好地适应自己的岗位，公司决定让她们在客服部门进行轮岗，以便全面地了解自己的工作性质。

从此，她经常会听到部门主管的咆哮……

这是苏小萌第一次参加售前客服部门的会议，结果遇到部门经理在小组会议上“火力全开”。

“你们告诉我，这一批猕猴桃是要卖给谁的？是注重养生的人群，还是吃啥都要计算热量的减肥人群？是陷入中年危机的男男女女，还是注重打扮的年轻人？”

“去年的猕猴桃卖得怎么样？今年有多少客户还愿意再买？”

“预估销售额能达到多少？”

“你说你们售前是干什么的？随便拍点照片就行啦？”

……

“方案重做！重做！全组加班！做不出来不要休息！”

苏小萌在一旁瑟瑟发抖，在“狂风暴雨”中艰难地开动脑筋总结了一下经理的意思——重点就是有没有客户？是什么样的客户？有没有忠诚的客户？

任务一　认识客户

学习目标

※ 知识目标

1．理解客户的含义。

2．了解客户关系管理。

3．掌握客户类型。

※ 技能目标

能分辨客户类型。

案例描述

1.1 案例

因为建筑业不景气，陷入中年危机的周春明放弃水电工工作，进入了出租车行业成为了一名出租车司机，每天从基隆开到台北，在路上不断地寻觅乘客，甚至要与其他出租车队抢乘客赚钱。

有一天周春明在机场出口排班，因缘际会地接到一位许多司机不愿意接的杀价客。为了让回来的路上不至于因为空车而亏更多，所以周春明特地在回程时，招揽愿意与他共同回去的伙伴。终于他以低于客运的价格，找到了两位愿意相信他的乘客一同前往台北。这两位乘客之中，有一个人从此改变了他的人生。上高速公路之前，周春明在路边的便利商店买了三瓶矿泉水给车上的乘客，这让其中一位在企业管理顾问公司担任经理的乘客相当惊讶，对方被他这个简单的举动所感动，加上交谈愉快，这位经理便把该公司未来讲师到外县市的长途接送生意全包给他，让周春明开始有了稳定的客源。

这件事情也让周春明感受颇深，让他明白计较是贫穷的开始。在接送这些固定客户的时候，周春明看到他所搭载的乘客下车后，该公司的接待人员便贴心地提供早餐、点心之类的餐点给他们，这让他灵机一动，心想如果他的乘客可以利用搭车的时间在车上听着动听的音乐，惬意地享受餐点，这样不是更好吗？从此，搭乘周春明出租车的乘客，都有贴心的爱心餐点。这些餐点，周春明不另外收费，而是自己承担这些成本，但也因为这样的贴心及不计较，让周春明的乘客把这样贴心的司机服务在自己的朋友群之间纷纷夸赞……

随着乘客越来越多，每个乘客都有不同的习性及特点，周春明开始利用笔记本，把每个乘客的搭车习惯、餐点爱好、喜欢的音乐及一些搭乘的信息进行记录，当下次搭载到这名乘客时，就可以依据这位乘客的习性，开始进行不同的调整。于是当其他出租车司机还在路上寻找下一个乘客时，他烦恼的却是挪不出时间来照顾排队的这些老乘客。

周春明做了许多其他出租车司机不愿意做的事，他愿意付出且愿意用心，提供了差异化的服务，同时也提供了许多超乎乘客期待的服务，通过简单的客户关系管理，来记录每个乘客的各种信息，也让乘客愿意搭乘他的出租车，成功地做出市场区隔，现在的他通过自己的人际网脉，开始经营属于自己的车队，将这套成功的经营手法复制到其他县市的出租车司机身上。

现在，他已经是台湾的“出租车皇帝”。

案例实战

通过对案例的学习，经过小组讨论，同学们分析以下问题，并完成小组讨论报告。

1．出租车行业的客户类型有哪些？

2．周春明是怎样进行客户转化的？

3．从这个案例中，可以得到关于客户关系管理的什么启示？

任务布置

同学们帮助苏小萌分析以下问题。

1．公司的猕猴桃销售面向的客户有哪些？

2．客户的类型有几种？

3．公司可以为客户提供哪些服务？

4．应该怎样促成“顾客”到“客户”的转变？

任务分析

本任务需要学生对商务流程有一定了解。通过各种信息收集手段，分析归纳出部分相关市场的情况。

各学习小组可以独立完成本次信息收集整理和分析。

相关知识

随着社会经济的发展，产品日益丰富，市场也由卖方市场过渡到买方市场，企业必须对市场变化迅速做出反应。市场的变化源于客户行为的变化，企业必须把注意力集中于客户需求，最大限度地满足其需求欲望和长远利益。随着市场竞争的加剧，现代企业的竞争优势早已不仅仅局限于产品本身了，决定企业命运的关键是客户——持久、忠诚的客户。因此，企业对客户资源的管理已经迫在眉睫，成为企业竞争中重要的内容。

一、对客户的认识

在商务活动中，经常会出现三个概念，即消费者、顾客和客户。有的同学会把这三者混为一谈，其实它们是有很大不同的，那么这三者有什么不同呢？

任务 1.1

1. 消费者

消费者是一个经济学概念，它与生产者、经营者同属一个体系。国际标准化组织（International Organization for Standardization，ISO）认为，消费者是以个人消费为目的而购买或使用商品和服务的个体社会成员。消费者是产品和服务的最终使用者，仅用于个人或家庭需要概念，因此每个人都是消费者。消费者可以是用户，可以是顾客，可以是客户，也可以同时兼具多种身份。

注意

消费者使用产品不一定就会进行消费，因为有可能会从赠予或其他行为中得到产品的使用权。

2. 顾客

顾客是一个比消费者更为广义的概念，它泛指商店或服务行业前来购买东西的人或要求服务的对象，包括组织和个人。国际标准化组织将顾客定义为接受产品的组织或个人。从广义上来说，凡是接受或者是可能接受任何组织和个人提供的产品和服务的购买者都可以称之为顾客。顾客不一定实施了购买行为，如我们只去商店看看，这也是顾客。

3．客户

“客户是企业存在的理由”“客户是企业的根本资源”“客户永远都是对的”……每个人对客户都有自己的认识和看法。

客户是对产品或服务形成服务请求和达成买卖关系的人或实体，也可以说是对产品或服务购买有决策权的相关人，其中包含技术决策者和业务决策者等。

客户不一定是用户，但一定是要付钱的，同时用户也不一定是客户。例如，学校从印刷厂购买了一批作业本交给同学们使用。同学们是用户，但不是印刷厂的客户，学校才是印刷厂的客户。

客户有时和顾客也是一致的。例如，同学们到文具店买作业本，那么同学们就是文具店的顾客和客户。

顾客和客户的不一致性常常体现在卖方眼里。著名的麦肯锡咨询公司的创始人马文·鲍尔说：“我们没有顾客，我们只有客户。”这是什么意思呢？他认为，虽然同样是指购买商品和服务的人，顾客一般是指普通商品和服务的使用者，具有消费关系但可能只有一次；但客户的层次显然比顾客要高，客户除了消费关系外还有洽谈商议的关系，这种关系并不仅仅是一次性的，企业会关注未来的再次交易、合作和交往。企业在这里处于主动地位，拥有赢得客户的主动权。

在汉语字典里，“客”字的意思是服务行业的服务对象。所以，客户更加强调一种服务，一种往来关系。

思考

消费者、顾客和客户这三者有什么不同？

二、客户服务

客户服务（customer service）就是为客户提供服务，主要体现了一种以客户满意为导向的价值观，它整合及管理在预先设定的最优成本—服务组合中的客户界面的所有要素。广义而言，任何能提高客户满意度的内容都属于客户服务的范围。

美国营销大师菲利普·科特勒将服务定义为：服务是一方能够向另一方提供的基本上是无形的任何功效或礼仪，并且不导致任何所有权的产生，它的产生可能与某种有形产品密切联系在一起，也可能毫无联系。

客户服务就是企业以客户为对象，以产品或服务为依托，以挖掘和开发客户的潜在价值为目标，为客户开展的各项服务活动。

客户服务是一种活动，代表着企业的绩效水平和管理理念。

客服基本可分为人工客服和电子客服，其中人工客服又可细分为文字客服、视频客服和语音客服三类。文字客服是指主要以打字聊天的形式进行的客户服务；视频客服是指主要以语音视频的形式进行的客户服务；语音客服是指主要以移动电话的形式进行的客户服务。

客户服务在商业实践中一般会分为三类，即售前服务、售中服务、售后服务。售前服务一般是指企业在销售产品之前为顾客提供的一系列活动，如市场调查、产品设计、提供使用说明书、提供咨询服务等。售中服务是指在产品交易过程中销售者向购买者提供的服务，如接待服务、商品包装服务等。售后服务是指与所销售产品有连带关系的服务，如产品的质量保修、产品的使用反馈等。

三、客户关系管理

1．客户关系的类型

客户关系是指企业为达到其经营目标，主动与客户建立起的某种联系。这种联系可能是单纯的交易关系，也可能是通信联系，也可能是为客户提供一种特殊的接触机会，还可能是为双方利益而形成某种买卖合同或联盟关系。

根据不同标准，客户关系可划分为不同的类型。菲利普·科特勒把企业与客户的关系按不同水平和程度划分为五类，如表 1-1 所示。

表 1-1　企业与客户关系的分类

类型	特征描述
基本型	销售人员把产品销售出去后就不再与客户接触
被动型	销售人员把产品销售出去，同意或鼓励客户在遇到问题或有意见时联系企业
负责型	产品销售完成后，企业及时联系客户，询问产品是否符合客户的要求，有何缺陷或不足，有何意见或建议，以帮助企业不断改进产品，使之更加符合客户需求
能动型	销售完成后，企业不断联系客户，提供有关改进产品的建议和新产品的信息
伙伴型	企业努力帮助客户解决问题，通过不断地协同客户，支持客户，实现共同发展

菲利普·科特勒认为，企业可以根据其客户的数量及产品的边际利润水平来选择合适的客户关系类型，如图 1-1 所示。

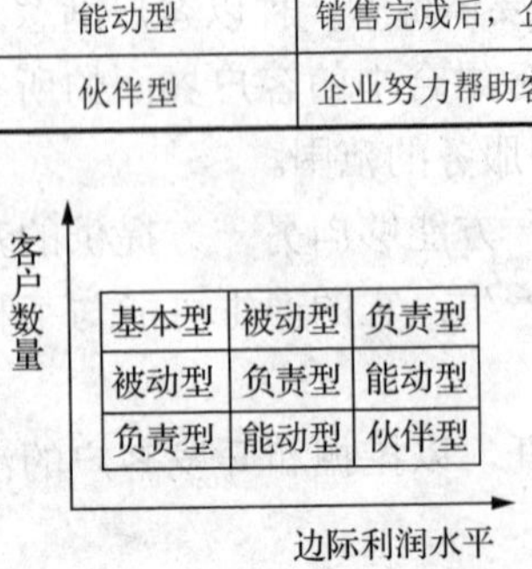

基本型	被动型	负责型
被动型	负责型	能动型
负责型	能动型	伙伴型

图 1-1　客户关系类型选择

2．客户关系管理的定义

作为全球比较有权威的研究组织，信息技术研究和分析公司（Gartner Group）最早对客户关系管理（customer relationship management，CRM）做出了定义，它认为客户关系管理就是为企业提供全方位的管理视角，赋予企业更完善的客户交流能力，最大化客户的收益率的方法。

国际著名网络安全研究公司赫尔维茨集团（Hurwitz Group）认为，客户关系管理的焦点是自动化并改善与销售、市场营销、客户服务和支持等领域的客户关系有关的商业流程。

IBM（International Business Machines Corporation，国际商业机器公司）认为客户关系管理包括企业识别、挑选、获取、发展和保持客户的整个商业过程。IBM 将客户管理分为关系管理、流程管理和接入管理，包括以下两个层面的内容：一是企业的商务目标；二是企业通过整合各方面的信息，使企业掌握的每一位客户的信息是完整、一致的。

美国最大的营销服务集团卡尔森市场营销集团（Carlson Marketing Group）将客户关系管理定义为：培养公司的每一个员工，使经销商或客户对该公司产生更积极的偏爱或偏好，留住他们，并以此提高公司业绩的一种营销策略。

综合上述内容，可以认为客户关系管理是指在企业实施客户关系管理价值观的指导下，利用技术手段建立起来的连接企业与客户，能够促进双方及时、有效沟通的管理机制。

企业为提高核心竞争力，利用相应的信息技术及互联网技术协调企业与顾客间在销售、营销和服务上的交互，从而提升其管理方式，向客户提供创新式的个性化的客户交互和服务，最终目标是吸引新客户、保留老客户及将已有客户转为忠实客户，拓展市场。

客户关系管理可以分为三个层面，即管理理念、商务模式与技术系统，如图 1-2 所示。

图 1-2　客户关系管理的三个层面

（1）管理理念

管理理念是客户关系管理实施应用的基础，是客户关系管理成功的关键。其核心思想是将企业的客户当作企业最重要的资源，通过深入的客户分析和完善的服务来满足客户需求，实现客户的终身价值。

作为企业的经营指导思想，客户关系管理的核心理念体现在四个方面，即客户价值的理念、市场经营的理念、业务运作的理念及技术应用的理念。

1）客户价值的理念。客户关系管理是对客户进行选择和管理的经营思想和业务战略，以实现客户长期价值的最大化为最终目的。客户关系管理的理念促使企业树立全新的客户观念，重新认识客户关系和客户的价值，它要求企业在营销、销售和服务过程中始终坚持以客户为中心的理念，企业关注的焦点要从内部运作转移到客户关系上，通过与客户的深入交流，对客户的需求进行全面了解，不断改进产品和提高服务，以满足客户不断变化的需求，完成将注意力集中到客户的商业模式的转变。

客户关系管理的理念不仅要体现在公司高层的管理中，还要体现在每位员工所有可能与客户发生关系的环节上，让他们能够更好地与客户沟通，围绕客户关系展开工作。从更广泛的范围上讲，客户关系管理能够促使企业与客户之间展开良好的交流，同时为企业与合作伙伴共享资源、共同协作提供了基础。在帮助企业真正做到以客户为中心的过程中，客户关系管理形成了完整的客户关系管理系统。该系统能够与不同的客户建立不同的联系，根据客户的特点为其提供个性化服务，这充分体现了客户关系管理的核心思想和理念内涵。

2）市场经营的理念。客户关系管理要求企业在经营中，包括市场定位、市场细分和价值实现的各个环节，都做到以客户为中心。客户是企业最重要的一种资产，客户满意度会直接影响企业获得的利润。因此，企业要想在市场上获得更多的利润，就需要做好对现有客户的管理，以及对潜在客户的挖掘和培养。面对日益激烈的竞争，满足客户的个性化需求是企业提高资产回报率的必然选择。

3）业务运作的理念。客户关系管理要求企业做到以客户为中心，体现在具体的业务活动就是要求企业要广泛地搜集、整理和分析每一个客户的信息，针对客户的不同需求为其提供个性化的服务，力争将客户想要的产品和服务送到他们手中，并观察和分析客户行为对企业收益产生的影响，从而优化企业与客户的关系，提高企业盈利能力。

4）技术应用的理念。客户关系管理的理念要求企业在做到以客户为中心的同时，还要求商业运作过程实现自动化，并依靠先进的技术平台支撑和改进业务流程。首先，在实践中，需要有一个技术方案来实现企业新的商业策略，让客户关系管理的理念在全企业范围内实现协调、信息传达和责任承担；其次，由于业务流程整合和满足客户期待的需求，还要在这些进程中重视企业中信息技术的支持和应用；最后，当前信息技术领域的进步最终都会汇集到改进业务流程这一焦点中，使客户关系管理的重要性和时效性不断得到加强。

（2）商务模式

作为一种以改善企业与客户之间关系为目的的新的管理机制，客户关系管理与传统的生产、销售的静态商业模式有着根本的区别。它可以应用于企业所有与客户有关的业务领域，包括企业的市场营销、销售实现、客户服务和决策分析等环节。建立了客户关系管理系统，就意味着企业在市场竞争、销售和客户服务等环节形成了全新的、动态协调的关系实体和持久的竞争优势，从而在企业客户资源上实现最优化的管理。

1）市场营销。对传统市场营销行为与流程的优化和自动化是客户关系管理中市场营销的重要内容。在客户关系管理的市场营销中，实施的是个性化和一对一的营销方式，电话、网站、E-mail、QQ、微博、微信等实时营销方式的运用，让客户能够以自己喜欢的方式在方便的时间获得自己想要的信息，为客户创造更好的体验。

2）销售实现。客户关系管理使销售的概念得以扩展，销售人员的不连续活动，以及涉及公司各职能部门和员工的连续进程都被涵盖在销售实现中。在具体流程中，销售预测、过程管理、客户信息管理、建议产生及反馈和业务经验分析等都是属于销售实现的内容。

3）客户服务。在客户关系管理模式中，客户服务是最关键的业务内容，是企业获得的利润而非成本来源。与传统帮助平台相比，企业所能提供的客户服务更加丰富和广泛，因为只有为客户提供更快速、周到的优质服务，才能吸引和保持更多的客户。所谓优质的客户服务，就是能积极、主动地处理客户提出的信息咨询、订单请求、订单执行情况反馈等问题，以及为客户提供高质量的现场服务。

4）决策分析。客户关系管理具备挖掘客户价值的分析和决策能力，这主要表现在两个方面：首先，通过全面分析客户数据，规范客户信息，分析客户需求，为企业提供潜在消费的优先级定位，衡量客户的满意度，评估客户为企业带来的价值，提供管理报告及完善各个环节业务的分析；其次，以统一的客户数据为基础，将所有业务应用系统融入分析环境中进行智能化分析，不仅能提供标准报告，还能提供既定量又定性的即时分析，向企业管理层和职能部门提供分析结果，让企业领导者全面权衡信息，做出及时、准确的商业决策。

（3）技术系统

客户关系管理也是企业在不断改进与客户关系相关的全部业务流程，整合企业资源，实时响应客户，最终实现电子化、自动化运营目标的过程中所创造并使用的先进的信息技术、软硬件和优化的管理方法、解决方案的总和。这主要是从企业管理中的信息技术、软件及应用解决方案的层面对客户关系管理进行界定。

1）应用软件系统可以将客户关系管理系统理解为企业运用信息技术实现客户业务流程的自动化软件系统，其中涉及销售、市场营销、客户服务及支持应用等软件。

2）方法和手段客户关系管理也可以是所体现的方法论的统称，是指用于帮助企业组织管理客户关系的一系列信息技术或手段。例如，建立能对客户关系进行精确描绘的数据库，综合各类客户接触点的电话中心或联络中心等。

四、客户类型

划分客户类型的标准有很多，如客户的消费行为、客户的忠诚度、客户的信誉度、客户的购买方式、客户与店铺的关系、客户的价值等。下面介绍两种更适合客户关系管理的客户类型划分方式。

（一）按照客户与店铺的关系进行划分

1. 划分类型

按照客户与店铺的关系，可以把客户划分为5类，如图1-3所示。

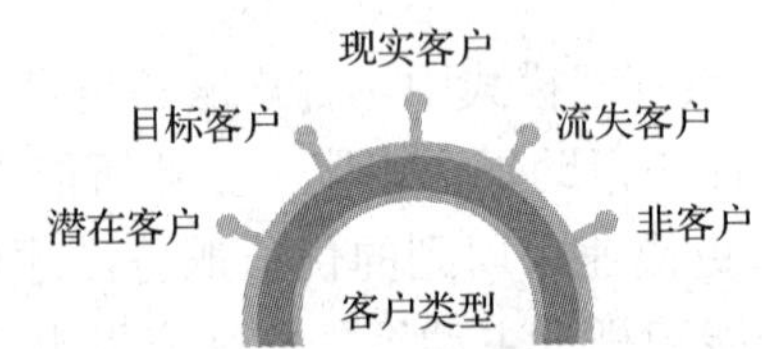

图1-3　按照客户与店铺的关系进行划分

（1）潜在客户

潜在客户是指对店铺的商品或服务有需求和购买动机的人群，即有可能购买但还没有产生购买的人群。

（2）目标客户

目标客户是指商家经过挑选活动后确定的、力图开发为现实客户的人群。

（3）现实客户

现实客户是指已经购买了店铺的商品或者服务的人群。按照客户与店铺之间关系的疏密，现实客户又可以分为初次购买客户、重复购买客户和忠诚客户，如图1-4所示。

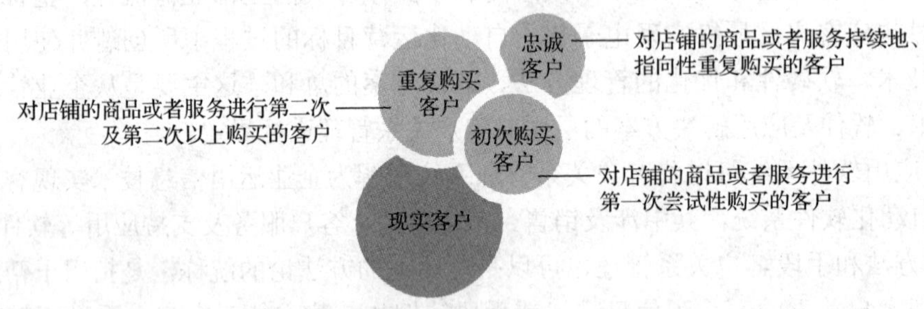

图1-4　现实客户类型

（4）流失客户

流失客户是指曾经是某店铺的客户，但由于种种原因，现在不再购买该店铺的商品或服务的客户。

（5）非客户

非客户是指那些与店铺的商品或者服务无关，或对店铺有敌意、不可能购买店铺的商品或者服务的人群。

以上五种客户类型是可以相互转化的。例如，潜在客户或目标客户一旦采取购买行为，就变成店铺的初次购买客户。初次购买客户如果经常购买同一店铺的商品或者服务，就可能发展成为该店铺的重复购买客户，甚至成为忠诚客户。但是，初次购买客户、重复购买客户和忠诚客户也会因为其他商家更有诱惑的条件，或因为对店铺不满而成为流失客户。流失客户如果被挽回，就可以直接成为重复购买客户或者忠诚客户；如果无法挽回，他们就将永远流失，成为店铺的非客户。

2．获得忠诚客户

忠诚客户来源于重复购买客户，重复购买客户来源于初次购买客户，初次购买客户来源于潜在客户和目标客户。可见，商家要获得尽量多的忠诚客户，就必须做好重复购买客户的管理；要获得尽量多的重复购买客户，就必须做好初次购买客户的管理；要获得尽可能多的初次购买客户，就必须做好潜在客户和目标客户的管理。

（1）对潜在客户和目标客户的管理

潜在客户和目标客户虽然尚未在店铺购买商品或服务，但他们有可能在将来与店铺产生交易行为。当他们对店铺的商品或者服务产生兴趣，并通过某种渠道开始与店铺接触时，商家应该积极地向其详细介绍自己的商品或服务，耐心解答他们提出的各种问题，帮助潜在客户和目标客户建立对店铺及其商品或者服务的信心和认同。商家对潜在客户和目标客户的管理目标是先将他们发展为初次购买客户，再将其培养成为重复购买客户，乃至忠诚客户。

虽然潜在客户和目标客户尚未在店铺产生交易行为，商家无法对他们的交易行为和数据进行记录和跟踪，但这并不等于商家就不能合理地预估潜在客户和目标客户的价值。商家仍然可以通过交易以外的其他途径对能够反映潜在客户和目标客户基本属性的数据进行收集，如年龄、性别、收入、消费偏好和婚姻状况等，然后运用这些属性数据对他们的潜在价值进行分析。

（2）对初次购买客户的管理

商家对初次购买客户的管理目标是将他们发展为店铺的重复购买客户或忠诚客户。

虽然初次购买客户已经接受了店铺的商品，对店铺产生了初步认同，但初次购买客户在与店铺初次交易过程中所形成的购物体验及他们对所购买商品的价值判断，将影响到他们今后是否愿意继续与店铺进行重复交易。如果客户与店铺的第一次交易的体验不好，很可能该客户就不会再与店铺进行第二次交易。

初次购买是客户成长的一个关键阶段，在与客户进行第一次交易时，商家要抱着与客户建立终生关系的目标来为客户提供商品或者服务，为客户提供符合他们需求甚至是超过他们期望值的商品或服务。此外，商家要与初次购买客户展开个性化的交流，与他们保持长期的联系和沟通，为他们提供关怀服务，并且尽量为其提供能满足其个性化需求的商品或服务，努力与其建立起一种互相信任的关系。

（3）对重复购买客户和忠诚客户的管理

研究表明，一个店铺将商品成功销售给潜在客户和目标客户的概率为 6%；而将商品成功销售给初次购买客户，即新客户的概率为 15%；将商品成功销售给重复购买客户和忠诚客户，即老客户的概率为 50%。可见，商家做好重复购买客户和忠诚客户的管理是店铺客户管理工作的重点。

商家应努力加强与这些客户之间的联系，积极、主动地与其进行沟通，听取他们的意见，然后根据其需求和建议对商品或服务做出及时调整与改进。同时，商家可以为这些客户提供“特殊关照”，甚至可以成立独立部门来专门对这些客户进行服务和管理，以加深与他们感情的融合。这样，商家就有可能将重复购买客户培养成忠诚客户，并使忠诚客户继续对店铺及其商品或者服务保持最高的信任度和忠诚度。

反之，如果商家对重复购买客户和忠诚客户关注得不够，就可能造成他们的流失，甚至让他们转变成非客户，不再购买店铺的商品或服务。

（二）按照客户的价值进行资源分配

不同的客户对店铺产生的价值是不同的，且不同价值的客户的需求有所不同。商家应该根据其分配不同的资源，以更好地满足不同客户的需求。根据客户的价值，客户可以划分为四种类型，并形成一个金字塔，如图 1-5 所示。

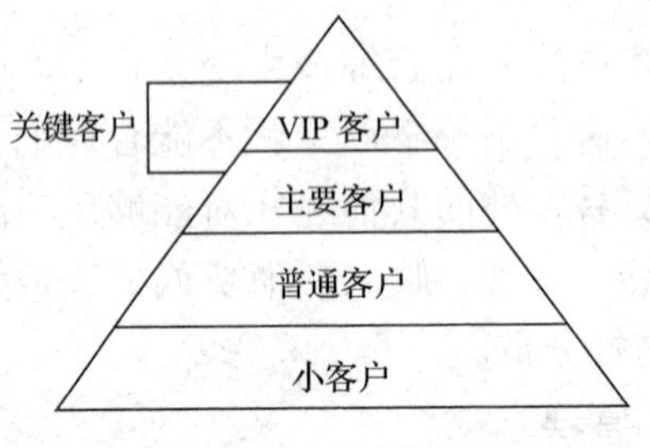

图 1-5　客户金字塔

VIP（very important person，贵宾）客户位于客户金字塔的顶端，这类客户的数量虽然不多，但他们的消费金额在店铺的销售总额中占有的比例很大，对店铺做出的贡献最大。一般情况下，VIP 客户的数量占店铺客户总量的 1% 左右。

主要客户是指除了 VIP 客户以外，消费金额占比较多，能够为店铺提供较高利润的客户。这类客户约占店铺客户总量的 4%。

普通客户所产生的消费金额能为店铺带来一定的利润，这类客户的数量占店铺客户总量的 15% 左右。

小客户位于金字塔的最底层，他们在店铺客户总数中占比最多，但为店铺带来的盈利却不多。

1．对关键客户的管理

关键客户是指 VIP 客户和主要客户，他们为店铺创造的利润占整个店铺总利润的 80%，是店铺利润的主要来源。然而竞争对手也会将目光瞄准这些关键客户，伺机将他们吸引过来。因此，商家必须认真维护好与关键客户的关系，这样才能使店铺保持竞争优势，以提高对竞争对手的抵抗力。商家对关键客户管理的目标是提高关键客户的忠诚度，并在保持关系的基础上进一步提升他们对店铺的贡献。商家要集中优势资源服务于关键客户，通过积极的沟通和感情交流密切双方的关系，可以设置专门的部门负责关键客户的服务工作。

2．对普通客户的管理

商家对普通客户的管理目标是提升普通客户创造的价值。此外，对于不同类型的普通客户，商家应该采取不同的管理方法。

针对有升级潜力的普通客户，商家要努力将其培养成为关键客户，如可以根据普通客户的需求丰富自己的商品品类，以更好地满足其潜在需求，增加普通客户的购买量。此外，还可以鼓励普通客户购买更高价值的产品或服务。

针对没有升级潜力的普通客户，商家可以减少服务，以降低自身成本，如可以对采取“维持”策略，在人力、物力与财力等方面不再增加投入，甚至降低交易成本。此外，还可以缩减对普通客户的服务时间、服务项目和服务内容。

3．对小客户的管理

对于不同类型的小客户，商家可以采取不同的管理方法。针对有升级潜力的小客户，商家要努力将其培养成为普通客户甚至关键客户。商家应该为他们提供更多的关怀，挖掘并满足其个性化需求。

针对没有升级潜力的小客户，有的商家采取的是坚决剔除的做法，不再与其进行交易，但是这种做法过于极端。因为开发一个新客户所产生的成本相当于维护 5 ～ 6 个老客户的成本，因此商家必须慎重对待每一个客户。聚沙成塔，保持一定数量的小客户是店铺实现规模效益的重要保证，是店铺保持成本优势、遏制竞争对手的重要手段。

如果商家放弃小客户，任其流失到竞争对手那里，就会让竞争对手的客户规模得以壮大，进而对本店铺的发展造成不利的影响。此外，如果商家直接、生硬地将小客户拒之门外，可能会给店铺带来不良的口碑，对店铺不满的小客户可能会向其他客户表达其不愉快的经历，以致给店铺造成消极的影响。因此，针对没有升级潜力的小客户，商家不能简单地将其淘汰，但可以采取提高服务价格、降低服务成本的办法来增加小客户的价值。首先，商家可以提高小客户的服务价格，或者是取消以前免费的服务项目，也可以向小客户推销高利润的商品；其次，降低小客户的服务成本，限制为小客户提供的服务范围和内容，压缩为小客户服务的时间，从而降低店铺的经营成本，节约店铺的资源。

当然，商家的这些做法可能会导致小客户感觉自己受到了不公平待遇，致使他们产生不满情绪。为了避免这种不愉快情况的出现，商家可以将不同级别客户提供的服务从空间或时间分割开来。例如，航空公司可以根据票价将客户分别分配在不同等级的舱位，不同级别的客户享受不同等级的服务，互不干扰，这样就能分别提高不同级别客户的体验，让其觉得各得其所。

当然，并非所有的客户关系都值得保留，劣质的客户会消耗店铺的利润，对于这些客户，与其让他们蚕食店铺的利润，还不如尽早与他们终止关系。

任务实施

第一步：成立学习小组。

第二步：布置任务，组织和引导学生讨论并思考如何界定公司猕猴桃销售对象、客户类型和可提供的售前服务。

第三步：各小组学生完成表1-2。

第四步：结合学生讨论结果进行总评。

表1-2　客户认知分析表

问题	描述	
什么是客户？	组员1观点：	组员2观点：
	组员3观点：	组员4观点：
客户类型有哪些？	组员1观点：	组员2观点：
	组员3观点：	组员4观点：
可提供服务是什么？		
讨论中存在哪些疑问？		

任务二　细分客户群体

学习目标

※ 知识目标

1. 了解客户细分的概念。
2. 掌握金字塔理论。
3. 熟悉 ABC 分类法。

※ 技能目标

1. 能够灵活运用客户细分理论。
2. 能够进行客户细分管理。

案例描述

屈臣氏成功的重要因素是它视“关系”为关键资产，屈臣氏旨在为顾客提供个性化、特色化服务，它的个人护理商店以“探索”为主题，提出了“健康、美态、快乐”三大理念，真正关心顾客的健康生活，协助顾客热爱生活，注重品质，塑造内在美与外在美统一的形象。屈臣氏的“个人护理”概念牢牢地抓住了顾客的心，建立了稳固的客户关系，并通过一系列的维护活动，将这份客户关系长久地经营下去。

1.2 案例

1．屈臣氏与客户关系的建立

(1) 客户状态分类

每天光顾屈臣氏店铺的顾客很多，有些人只是进来走一走、看一看；有些人会因为被一个新产品所吸引停在某个柜台前；有些人则是目标明确，到熟悉的柜台，选熟悉的商品。没有光顾的顾客也并非对里面的商品没兴趣，至少每一次经过店铺都会向里面张望，这说明他有需求但还没有产生购买动机。对各类型的顾客进行科学分类，并针对各类型顾客设计营销策略，有助于屈臣氏建立与客户的关系。

(2) 对各种状态客户的管理

1）对潜在客户和目标客户的管理。没有产生购买行为的顾客、在将来会产生购买行为的顾客都是潜在客户和目标客户。这时就需要屈臣氏的员工进行仔细的观察，主动接触，看看是否有需求、有何种需求，要尽量详细介绍产品或者服务，更要耐心解答他们提出的问题。对于明确表示有购买需求、对价格敏感的顾客，如果员工在经过耐心介绍后仍然没有激发顾客的购买动机，那么可以记下顾客的联系方式，等到节假日促销活动、打折促销活动时联系顾客，进行追踪。

2）对初次购买客户的管理。对初次购买客户的管理目标是使其发展成为忠诚客户或重复购买客户。员工在与初次购买客户的交流中，要跳开针对大众的广告和促销活动，进行有针对性的个性化交流，目的在于让顾客感受到关怀与呵护，努力与他们建立一种相互信任的关系，增加他们第二次光顾的可能性。

3）对重复购买客户和忠诚客户的管理。企业应要求员工在接触老客户时，主动询问最近使用产品和享受服务时发现的问题和不满意的地方，听取他们的意见或建议，及时有效沟通，然后根据他们的要求或需要，对产品和服务进行改进。这样，企业就有可能将重复购买的客户培养成忠诚客户，使忠诚客户继续对企业的产品或服务保持最高的信任度和忠诚度。

(3) 选择最有价值客户并管理

屈臣氏在调研中发现，18 ~ 35 岁、月收入 2 500 元以上的女性消费者有较强的消费能力，但时间紧张，追求舒适的购物环境，这与屈臣氏的定位非常吻合。

为了方便最有价值客户，在选址方面，最繁华的一类商圈是屈臣氏的首选。在商品的陈列方面，货架的高度从 1.65 米降低到 1.40 米，并且主销产品在货架上的陈列高度一般在 1.3 ~ 1.5 米，按化妆品—护肤品—美容用品—护发用品—时尚用品—药品—饰品—化妆工具—女性日用品的分类顺序摆放，并且在不同的分类区域推出不同的新产品和促销商品。

(4) 客户开发策略

1）具有特色产品。光顾过屈臣氏的客户都有这样一个共识：我要买的，屈臣氏都有；我要买的，只有屈臣氏才有。不错，屈臣氏的产品具有足够的特色，以区别于市场上同质同类的产品。

2）品牌。屈臣氏销售的产品都是国际、国内知名品牌。品牌是一份合同、一个保证、一种承诺，并且品牌不分地域，提供统一的标准。目前，屈臣氏代理的品牌有欧莱雅、肌研、碧柔、资生堂、多芬、玉兰油等；屈臣氏自主创建的品牌有魔法医生等，这些品牌在很大程度上吸引着一部分客户，也能开发对品牌有需求的新客户。

3）网络营销。屈臣氏有自己的官方商城，销售各类产品，几乎与店铺同步，价格也是一样的，但会实行包邮的优惠策略。在官方商城，顾客可以浏览屈臣氏代理的所有品牌及产品，还可以在线咨询美容、健康顾问。这为没有时间逛街的白领提供了极大的便利。

2. 屈臣氏与客户关系的维系

(1) 客户信息管理

屈臣氏的收银员在为每位客户结账时,都会问一句:"请问您有会员卡吗?"如果有,则会进行积分累积;如果没有,会马上为有意愿的客户办理。

(2) 客户沟通管理

到屈臣氏购物的客户可以和店员直接沟通,店员则要耐心与客户进行有效沟通,并记录有关客户个人信息、购买产品的信息及不满意的地方,尽量在客户下次来时,弥补不足之处。特别要注意的是,有些客户喜欢独自购物,比较厌烦销售人员的解说,这时要给客户相对轻松、自由的购物方式,不要一味灌输,否则会赶走客户。

(3) 提高客户满意度

1) 把握客户期望。通常屈臣氏的价格折扣是在特殊活动中才有的,如果客户在没有价格折扣的情况下购买产品,却要求店员给价格折扣,这时店员要委婉拒绝,不要给客户期望,但可以通过赠品来弥补客户的不满足感。

2) 提高客户感知价值。屈臣氏可以从两方面来提高客户的感知价值:一方面给客户提供心仪的产品,另一方面大大降低客户的时间成本。

(4) 提高客户忠诚度

1) 实现客户满意。客户享受的购物体验满意度越高,会越喜欢这种购物体验,甚至会和好友分享,这自然会提高客户忠诚度。

2) 奖励忠诚。对于忠诚客户,要特别记录,这样有利于了解忠诚客户的生活习惯,然后根据这种习惯,投其所好,大大增加客户对企业的好感,对企业更加忠诚。

(5) 挽回流失客户

1) 调查原因,缓解不满。当客户对购买的产品不满意时,店员一定要给出合理解释,不能采取对抗和不认账的方式,应尽量满足客户的要求,并把客户不满的原因记录在案,以方便改正。

2) 针对性策略。找到客户不满意原因后,要采取针对性措施,对于普通客户要尽力挽回;对于重要客户则要极力挽回。客户流失到竞争对手的领域,则要参照竞争对手的营销策略,根据流失客户所需,改变自己的营销策略。另外,客户永远不会厌倦惊喜,所以还要注重创新。

加强客户关系管理正在被越来越多的企业所重视。屈臣氏大陆市场获得的巨大成功,就在于其对客户关系管理的成功运用。屈臣氏集团通过准确、合理定位的目标市场群体,创造良好的购物环境,强调个性化的服务,长期保持和会员客户的关系,培养出了忠实的客户群。实践证明,客户关系管理的实施,使用客户关系管理数据分析技术锁定目标客户群;采用经典换购方式与供应商合作,提供换购产品和自有品牌产品;

使用多通道宣传模式，采用部分商品长期打折的策略，吸引并提高了客户忠诚度。客户关系管理是屈臣氏经久不衰的重要环节，也是其他零售业需要深入思考和学习的重要内容。

案例实战

通过对案例的学习，经过小组讨论，同学们分析以下问题，并完成小组讨论报告。

1. 屈臣氏是如何对客户进行分类的？
2. 对不同的客户，服务有什么不同？
3. 从这个案例中，可以得到关于客户转化开发的什么启示？

任务布置

同学们帮助苏小萌分析以下问题。

1. 怎样识别购买猕猴桃的不同类型客户？
2. 对不同类型的客户，应该怎样估算他们的价值？
3. 可以为不同客户提供哪些服务？

任务分析

明确客户开发对象，其本质是运用客户细分理论，根据客户价值进行客户细分，便于开发对象的选择及资源的投入，因而我们需要了解客户细分的基本概念和相关方法理论。

各学习小组可以共同协作，完成本次数据和收集整理和分析。

相关知识

客户细分是20世纪50年代中期由美国学者温德尔·史密斯提出的，其理论依据在于顾客需求的异质性和企业需要在有限资源的基础上进行有效的市场竞争。它既是客户关系管理的重要理论组成部分，又是其重要管理工具。它是分门别类研究客户、进行有效客户评估、合理分配服务资源、成功实施客户策略的基本原则之一，为企业充分获取客户价值提供理论和方法指导。

但是，到目前为止，还没有对客户细分形成一致的定义。

一、客户细分概述

任务 1.2

1. 客户细分的概念

客户细分是指企业在明确的战略业务模式和特定的市场中，根据客户的属性、行为、需求、偏好及价值等因素对客户进行分类，并提供有针对性的产品、服务和销售模式。

2. 客户细分的必要性

传统的营销方式比较简单，对待所有的客户都是千篇一律的推送频率和推送内容。效果差的同时，还给客户带来了不好的购物体验，造成资源的浪费。

一个企业不可能单凭自己的能力满足整个市场的所有需求，这不仅仅是因为受限于自然资源或非自然资源，而且从企业运营管理与市场经济效应分析来看，这也是不符合正常规律的。因此，电子商务的商家应该能够明确自己的定位，识别自己的目标市场，合理地分配资源，提升自己的竞争优势。

虽然传统行业孕育了客户细分的发展，但同时也限制了客户细分的深度。客户细分得越深，越容易贴近目标客户的需求，但同时客户数量也越少。但是传统行业受到地域空间广、传播周期长、产销周期长等诸多障碍的限制，企业难以基于非常小的细分市场获得持续盈利，所以在传统行业极致的客户细分就是自寻死路。

电商的出现很好地弥补了传统行业在地域、传播和产销周期上的不足，在这样的环境下即便定位一个非常小的细分市场也能接触到足够多的客户，产生足够多的收益。

淘宝女装就是一个鲜活的案例。淘宝网上活跃的女装店铺有数万家，想在这个竞争激烈的市场中脱颖而出，除了商品价格要比别人更便宜以外，还要靠与众不同的客户细分定位，如表 1-3 所示。

表 1-3　淘宝女装排名靠前的店铺客户细分定位

女装品牌	茵曼	裂帛	韩都衣舍	欧莎	小虫米子	大码女装
客户细分	棉麻风格	民族风	韩风快时尚	白领通勤	高端设计师	大码女装
细分维度	服装材质	服装风格	地域	职业	价格	体型

从客户需求的角度来看，不同类型的客户需求是不同的，想让不同的客户对同一企业都感到满意，就要求企业提供有针对性的符合客户需求的产品和服务，而为

了满足这种多样化的异质性的需求，就需要对客户群体按照不同的标准进行客户细分。

从客户价值的方面来看，不同的客户能够为企业提供的价值是不同的，企业要想知道哪些是企业最有价值的客户、哪些是企业的忠诚客户、哪些是企业的潜在客户、哪些客户的成长性最好、哪些客户最容易流失，企业就必须对自己的客户进行细分。

从企业的资源和能力的角度来看，如何对不同的客户进行有限资源的优化应用是每个企业都必须考虑的，所以在客户管理时非常有必要对客户进行统计、分析和细分。只有这样，企业才能根据客户的不同特点进行有针对性的营销，赢得、扩大和保持高价值的客户群，吸引和培养潜力较大的客户群。客户细分能使企业所拥有的高价值的客户资源显性化，并能够就相应的客户关系对企业未来盈利的影响进行量化分析，为企业决策提供依据。

3．客户细分的维度

客户细分的本质是观察总体客户群，并发现影响店铺长期收益的细分客户群之间的差异。进行差异化的客户细分并没有特殊的限制，可以选取各式各样的维度和指标进行客户划分。常用的客户细分的维度有以下几个。

（1）地理变量

地理变量是指按照消费者所处的地理位置和自然环境来进行客户细分。客户细分常用的地理变量如表 1-4 所示。

表 1-4　客户细分常用的地理变量

地理变量	变量描述
地区	省份、城市（一线城市、二线城市、三线城市）
联系地址	根据客户填写的联系地址中的关键词对客户的职业进行模糊定义。例如，地址中包含“大学”“中学”“学校”“学院”等关键词，基本可以认为该客户是老师或学生；地址中包含“政府”“检察院”“法院”等关键词，可以判断该客户是公务员
气候特征	沿海、内陆、高温、严寒、干燥

（2）人口统计变量

人口统计变量是区分消费者群体最常用的方式。例如，家庭人口组成、收入水平是房地产企业进行市场细分的重要依据，不同的家庭结构对其商品有不同的要求。客户细分常用的人口变量如表 1-5 所示。

表 1-5　客户细分常用的人口变量

人口变量	变量描述
性别	男、女。女性客户与男性客户具有不同的消费习惯和商品偏好。通常来说，女性是一个家庭购买决策的制定者，商家可以根据其消费行为，推测并挖掘其购买能力
职业	学生、教师、银行职员、医生、公务员、个体户、商场职员
年龄层次	“70 后”“80 后”“90 后”“00 后”/ 婴儿、儿童、少年、青年、成年、中老年。不同年龄段的客户其消费水平不同，且购物需求、风格也不同。通过对客户的年龄进行划分，商家可以了解不同年龄段的客户的消费行为和习惯，为商品调整和开发提供数据支持
教育程度	高中、职业学校、大学、研究生
婚姻状况	未婚、已婚、离婚、丧偶
生日	了解客户的生日是为了更好地开展客户关怀服务。例如，为了给客户发送生日礼物或生日短信祝福，为客户提供生日当天免邮服务或其他方式的优惠服务，让客户感受到店铺对他的关怀，从而加强客户对店铺的好感，进而形成口碑效应

（3）消费行为属性

客户的消费行为属性是指反映客户与店铺之间交易活动的数据，这类数据是动态的，能够更实时地反映客户的行为偏好与价值变化，进一步挖掘预测客户需求。客户细分常用的消费行为属性如表 1-6 所示。

表 1-6　客户细分常用的消费行为属性

消费行为属性	属性描述
RFM* 属性	客户最近消费时间、累计消费次数、累计消费金额
消费渠道	聚划算、淘金币、试用中心、会员频道、手机淘宝
消费时段	工作日、节假日、8 ～ 17 点、18 ～ 22 点、22 ～（次日）7 点
平台偏好	单一平台购买（淘宝、天猫、京东、唯品会……）、多平台购买
询单偏好	询单购买、静默下单
心理特征	冲动型、经济型、对比型、主观型、知识型、目的型、随机型、引导型
购买商品	购买过的商品数量、类型、规格等
订单数	客户成功交易的订单数量
客单价	通过客单价，商家可以对某个客户的购买能力做出判断，同时可以了解客户的购买行为和习惯
付款次数	客户在店铺内所有付款的次数
付款金额	客户在店铺内所有付款成功的金额
客户备注	客户给订单留的备注信息，商家通过备注中特定的关键词，可以找出有特定需求的客户
退款服务	退款次数、退款比例、退款金额、退款商品
客户评价	客户对商品或服务做出的评价，如好评次数、中差评次数、中差评原因等

*RFM 指 recency（最近一次消费）、frequency（消费频率）、monetary（消费金额）。

（4）电商平台属性

电商平台属性主要是指客户在电商平台上的信用等级。一个客户会有多个等级，在店铺有会员等级，在淘宝有信用等级，在天猫有天猫等级，如表 1-7 所示。

表 1-7　客户细分常用的电商平台属性

电商平台属性	属性描述
店铺会员等级	店铺客户、普通会员、高级会员、VIP 会员、至尊 VIP 会员
淘宝信用等级	1 ～ 5 颗心、1 ～ 5 颗钻、1 ～ 5 个皇冠
天猫 VIP 等级	T1、T2、T3

店铺会员等级体现客户在店铺的消费情况，天猫 VIP 等级体现客户在天猫的消费情况。两种等级对于客户综合消费情况的描述都不全面。唯有淘宝信用等级能够反映客户在全淘宝消费行为的细分维度，其重要性不言而喻。从店铺进行客户细分的角度来看，新客户由于数据的稀缺性是难以进行客户细分的。例如，同样是通过聚划算引入的甲、乙、丙、丁四个新客户，卖家只有一条且相同的购物记录，难以区分谁对于店铺的价值更高。

借助淘宝信用等级，我们可以跳出店内消费记录分析的框架去查看客户的全平台消费行为。假如客户甲是一个两颗钻的淘宝买家，那么可以肯定这个客户是一个非常活跃且资深的淘宝网购专家，因为两颗钻意味着其在淘宝平台上至少已经购买过 500 件商品。把某女装店铺的新客户按照淘宝信用等级分组，统计每组客户的重购率和客单价发现：对于新客户而言，拥有越高的淘宝信用等级，在店铺进行重复购买的可能性也越高，客单价也有同样的特征。拥有 1 ～ 2 颗心的用户属于淘宝初级用户，在淘宝上购买的商品小于 40 件，他们在店铺首次购买后只有不足 13% 的比例会进行再次购买，平均客单价不到 200 元。与此相比，拥有 1 ～ 2 颗钻的买家，在店铺重复购买的比例超过 20%，平均客单价超过 220 元。

二、金字塔理论与 ABC 分类法

1．金字塔理论

在构建客户关系过程中，企业必须按照客户的利润贡献度或终身价值细分不同的群体，并根据其利润贡献度采取对应的客户关系管理策略。就客户关系管理来说，并不是所有的客户都需要重点关注。目前客户关系管理理论的重要成果之一，就是提出了客户价值的判断标准和运用它进行客户细分。

金字塔理论是基于对客户终身价值的预测，选择客户当前价值与客户增值潜力两个维度指标，依次按两个指标的“大”和“小”的顺序进行排列组合，从而将客户分为白金客户（Ⅳ）、黄金客户（Ⅲ）、铁质客户（Ⅱ）和铅质客户（Ⅰ）四种类型，如图 1-6 所示。

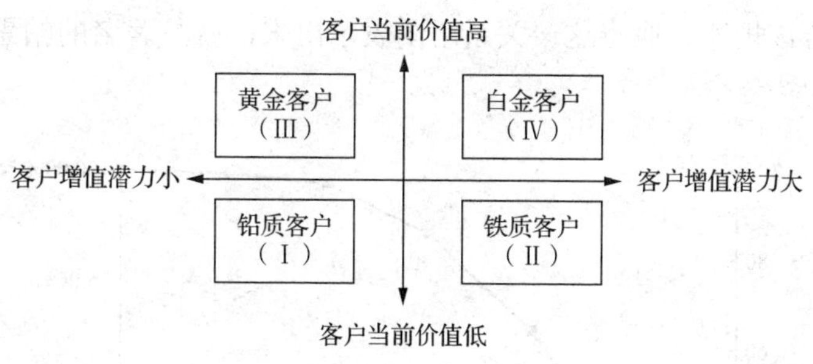

图 1-6　金字塔理论的四种客户模型

对于区域Ⅰ的客户，能带给企业的直接收益和今后的潜在发展都不大，因此可将其作为一般客户来对待。对于区域Ⅱ的客户，虽然其当前带来收益不大，但是有很大的成长空间，因此应该尽力开发此类客户的购买潜力。区域Ⅲ的客户给企业带来很高的收益，但今后的潜力不大，此类客户着重在于保持，保证其持续购买本企业的产品和服务，努力提高客户的忠诚度。区域Ⅳ是最为重要的客户群，需要企业重点发展此区域的客户关系，开发客户潜在购买力。尽管从理论上说，每个客户的重要性都不容低估，但将企业资源平均分配到每个客户身上的做法既不符合经济规律，也不切实际。一般而言，最能让公司获利的 20% 的客户，贡献了公司总利润的 80% ，而最差的 30% 的客户会使公司潜在利润减半。基于客户细分的二八原理，可以对客户数量、客户利润和企业资源投放进行研究，从而建立客户金字塔理论模型，如图 1-7 所示。

图 1-7　金字塔理论模型

2. ABC 分类法

ABC 分类法是储存管理中常用的分析方法，也是经济工作中一种基本工作和认识方法。1879 年，帕累托在研究个人收入的分布状态时，通过长期的观察发现：美国 80% 的人只掌握了 20% 的财产，而另外 20% 的人却掌握了全国 80% 的财产，而且很多事情大多符合该规律。他将这一关系用图表示出来，就是著名的帕累托图，如图 1-8 所示。

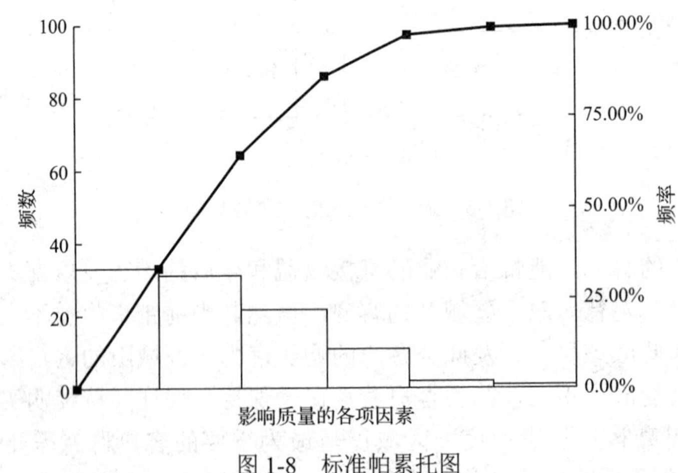

图 1-8 标准帕累托图

注：标准帕累托图用双直角坐标系表示，左边纵坐标表示频数，右边纵坐标表示频率，分析线表示累积频率，横坐标表示影响质量的各项因素，按影响程度的大小（即出现频数多少）从左到右排列，通过对排列图的观察分析可以抓住影响质量的主要因素。

帕累托法的核心思想是在决定一个事物的众多因素中分清主次，识别出少数的但对事物起决定作用的关键因素和多数的但对事物影响较少的次要因素。后来，帕累托法被不断应用于管理的各个方面。1951 年，管理学家 H. F. 戴克将其应用于库存管理，命名为 ABC 分类法。1951 ～ 1956 年，约瑟夫 • 朱兰将 ABC 分类法引入质量管理，用于质量问题的分析，得到的图形被称为排列图。1963 年，彼得 • 德鲁克将这一方法推广到全部社会现象，使 ABC 分类法成为企业提高效益的普遍应用的管理方法。

他的主要观点是：通过合理分配时间和力量到 A 类——总数中的少数部分，你将会得到更好的结果。当然，忽视 B 类和 C 类也是危险的，在帕累托规则中，它们得到与 A 类相对少得多的注意。

在 ABC 分类法的分析图（图 1-9）中，有两个纵坐标、一个横坐标、几个长方形、一条曲线。左边纵坐标表示频数，右边纵坐标表示频率，以百分数表示。横坐标表示影响质量的各项因素，按影响大小从左向右排列，曲线表示各种影响因素大小的累积百分比。一般地，将曲线的累积频率分为三级，与之相对应的因素分为三类。

A 类因素，发生累计频率为 0% ～ 80%，是主要影响因素。

B 类因素，发生累计频率为 80% ～ 90%，是次要影响因素。

C 类因素，发生累计频率为 90% ～ 100%，是一般影响因素。

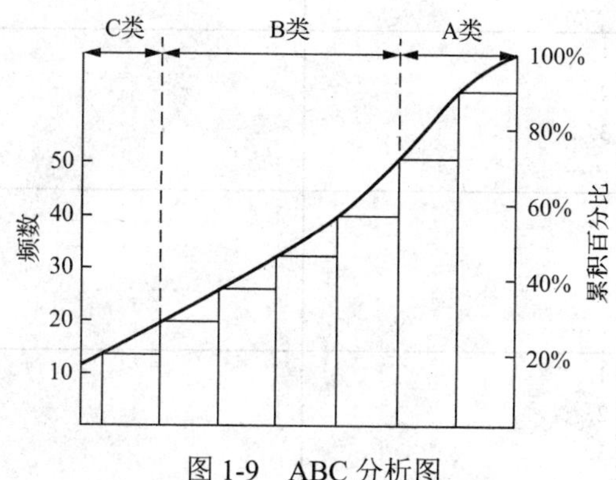

图 1-9　ABC 分析图

在客户关系管理中，按照客户终身价值分类，找到最有价值的客户，才是企业最重要的工作。客户关系管理的一个重要原则就是要做好对重要客户的管理。为此，就要进行客户类型分析，也就是在成交额和发展潜力的基础上对现有客户进行分类。这就是 ABC 分类法在客户关系管理中的应用。

怎样来对客户进行 A、B、C 的划分呢？我们可以提供几个思路。

首先，按成交额进行划分。例如，一位业务员把交易额在 500 万元以上的客户算作 A 类客户，交易额在 100 万～ 500 万元的客户作为 B 类客户，而交易额在 100 万元以下的则视为 C 类客户。当然，业务员还可以按区域市场内的状况来确定划分标准。

其次，根据客户的发展潜力来划分。这时可能出现以下情况：某些具有很大发展潜力的 C 类客户可能会被重新划分为 A 类客户，或者一个即将倒闭的 B 类客户被重新划分到 C 类中。A 类的客户应既具有最大成交额又具有最大的发展潜力，B 类客户则具有中等成交额和中等的发展潜力，而 C 类则由具有低成交额和低发展潜力的客户组成。当业务员对客户进行 ABC 分类时，他会发现在大多数情况下，他花费的时间与客户类型不成比例，即花费在 C 类客户上的时间多，而花费在 A 类客户上的时间少。

三、确定目标客户，构建客户关系

通过测算客户价值，得出价值排序表，然后根据客户价值进行细分，得到细分结果，如表 1-8 所示。

表 1-8　　企业目标客户细分分析表

客户细分	客户名单	服务方案	分析依据
A 类客户	1. 2. 3. ……		
B 类客户	1. 2. 3. ……		
C 类客户	1. 2. 3. ……		
D 类客户	1. 2. 3. ……		
分析结论			

思考

表 1-9 所示企业的客户管理恰当吗？

表 1-9　某企业的客户管理

客户类型	占总营业额的比率 /%	占总客户数的比率 /%	占总业务人员的比率 /%（业务支持）
A 类	70	10	15
B 类	20	20	25
C 类	10	70	60

任务实施

第一步：对各学习小组布置任务，组织和引导学生讨论并思考如何界定公司猕猴桃销售对象、客户类型和可提供的售前服务。

第二步：各小组学生完成表 1-10。

第三步：结合学生讨论结果进行总评。

第四步：布置课后作业，即收集某商贸企业的相关资料，完成客户细分，明确该企业的客户开发对象，完成表 1-11。

表 1-10　明确企业猕猴桃客户开发对象任务书

客户细分	客户名单	服务方案	分析结论（确定开发对象）
A 类客户	1. 2. 3. ……		
B 类客户	1. 2. 3. ……		
C 类客户	1. 2. 3. ……		
D 类客户	1. 2. 3. ……		
小组讨论过程中的疑惑			

表 1-11　明确____________企业客户开发对象

客户细分		客户名单	服务方案	分析结论（确定开发对象）
A 类客户		1. 2. 3. ……		
B 类客户		1. 2. 3. ……		
C 类客户		1. 2. 3. ……		
D 类客户		1. 2. 3. ……		
任务小结	知识小结			
	团队收获			

任务三　定位优质客户

学习目标

※ 知识目标

1．了解寻找客户群体的原则方法和途径。

2．理解客户来源的分析方法。

3．了解客户价值的构成。

4．掌握评估客户价值的方法。

※ 技能目标

精准掌握优质客户的定位方法。

案例描述

1.3 案例

星巴克在20世纪90年代中后期登陆中国市场，曾经其客户定位是“稀少”的中高端人群，起初“曲高和寡”，后来星巴克获得了前所未有的“高歌猛进”。它的成功之处，就在于它是“面对”着消费者，而不是“背对”着消费者。

那么，星巴克在中国是怎样进行市场定位的呢？

1．广泛的消费共鸣

在网络社区、博客或是文学作品的随笔中，不少人记下了“星巴克的下午”这样的生活片断，似乎在这些地方每天发生着可能影响着人们生活质量与幸福指数的难忘故事。这种细腻的感情、美妙的感觉，不仅仅是偶然地在一个消费者心中激起涟漪，而是形成一种广泛的消费共鸣。

2．有归属感的“第三空间”

霍华德·舒尔茨曾这样表达星巴克对应的空间：人们的滞留空间分为家庭、办公室和除此以外的其他场所。第一空间是家庭，第二空间是办公室。星巴克位于这两者之间，是让大家感到放松、安全的地方，是让你有归属感的地方。20世纪90年代兴起的网络浪潮也推动了星巴克“第三空间”的成长。于是星巴克在店内设置了无线上网的区域，为旅游者、商务移动办公人士提供服务，这也是其市场营销策划的一部分。

其实我们不难看出，星巴克选择了一种“非家、非办公”的中间状态，也是市场营销策划中市场定位的选择。霍华德·舒尔茨指出，星巴克不是提供服务的咖啡公司，而是提供咖啡的服务公司。因此，作为“第三空间”的有机组成部分，音乐在星巴克已经上升到了仅次于咖啡的位置，因为星巴克的音乐已经不单单只是“咖啡伴侣”，它本身已经成了星巴克的一个很重要的商品。星巴克播放的大多数是自己开发的有自主知识产权的音乐，迷上星巴克咖啡的人很多也迷恋星巴克音乐。这些音乐正好迎合了那些时尚、新潮、追求前卫的白领阶层的需要。他们每天面临着强大的生存压力，十分需要精神安慰，星巴克的音乐正好起到了这种作用，确实让人感受到在消费一种文化，催醒人们内心某种也许已经快要消失的怀旧情感。

所以，“我不在星巴克，就在去星巴克的路上”，传递的是一种令人羡慕的生活情调，而这样的生活也许有人无法天天拥有，但没有人不希望曾经拥有。

这种对客户的定位使星巴克在中国市场取得了极大的成功。中国市场的门店销售已经保持了九年的增长——尽管在2018财年第三季度首次出现了下降。但当下，它正在以每天超过一家门店的数量在中国扩张，平均每年创造近一万个就业机会，上海市星巴克的门店数量已经超过了纽约，是后者的两倍。

案例实战

通过对案例的学习，经过小组讨论，同学们分析以下问题，并完成小组讨论报告。

1. 星巴克的客户定位是什么？
2. 星巴克的客户有什么特征？
3. 如何设计星巴克客户的价值量化指标？

任务布置

同学们帮助苏小萌分析以下问题。

1. 怎样定位公司的猕猴桃销售面向的客户？
2. 客户的价值有哪些？
3. 什么样的客户是优质客户？

任务分析

要选择出合适的目标客户，必须对潜在客户群体进行分析，因此需要知道应该收集潜在客户的哪些信息，从而可以分析客户，以便做出客户评估。

各学习小组可以总结出需要收集的信息类型，给出相应的分析。

相关知识

对于商家来说，并不是所有的客户都是自己的客户，也并不是所有的客户都是优质客户。客户是存在差异的，我们无法把资源都平均分配给每一个客户，对于有更大价值的客户，肯定会有一定的资源倾斜。为了获得更大的收益，我们应该懂得选择更优质的客户。

随着市场竞争越来越激烈，企业越来越注重客户关系构建工作，客户开发已经成为企业客户关系管理的典型工作内容。然而，如何寻找客户群体，是构建客户关系的第一步。

一、寻找客户群体

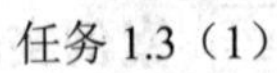
任务 1.3（1）

1．寻找潜在客户的原则

寻找潜在客户一般应遵循“先里后外，由近及远”的原则。

（1）先里后外

先里后外，即信息的收集和利用应遵循由内部资料检索到外部资料调查的原则。

首先是内部资料检索，这是寻找潜在客户的首要步骤，也是最直接、最有效的步骤。通过内部资料检索，能减少资料搜寻的盲目性，确保寻找客户的准确性和针对性，为顺利开展业务起到增强信心、提高效能的作用。内部资料检索主要通过以下几个方面来进行，如表 1-12 所示。

表 1-12　内部资料检索项目及其作用

内部资料检索项目	作用
职工查询表	发放职工查询表，通过职员的人际关系更好地了解市场和客户的情况，利用这些人际关系做出更好的企业业绩

续表

内部资料检索项目	作用
客户名册	客户是企业的有机组成部分，没有客户也就没有企业，特别是现有客户，他们往往使用过企业的产品，并对其留下了较好的印象，大多比较愿意介绍新客户来与他们共同使用企业的产品；而新客户又有较强的从众心理，乐意接受“过来人”推介的产品。因而，从客户名册中寻找客户是进行客户群体识别的重要步骤
财务部门	与本企业有财务往来的企业，一般与本企业有着非常密切的关系，他们也愿意为企业的销售业务提供各种信息，所以通过财务部门来寻找客户是必不可少的步骤
服务部门	服务部门是企业的窗口，透过这些部门，客户可以看到企业的情况，尤其是服务人员的言行对客户有着非常大的影响，因为一般客户往往是非专业购买，他们视服务人员为权威专家，对他们言听计从，故从服务部门寻找客户可以事半功倍

其次是外部资料调查。外部资料调查也是寻找客户的关键步骤，一般包括产品定位调查、现有客户调查、竞争对手调查、环境调查等。

（2）由近及远

由近及远，即在寻找潜在客户时，应先充分利用自己的人际关系，根据关系由近及远、先易后难地进行。首先要在自己的朋友圈里发觉销售机会，利用自己现有的客户帮忙推荐新客户，继而利用所有的人际关系寻找新客户。

业界有个“三英尺范围”规则，是指“凡是走进你周围三英尺范围的人，都是值得你与之谈论你的产品、服务及生意的人”。

2．寻找潜在客户的方法

（1）资料搜寻法

资料搜寻法，即通过内部资料和外部资料的收集，然后找寻企业的目标客户。例如，可通过内部的通讯录、工商企业名录、电话簿、工商企业地图册、统计资料、专业报纸等资料的阅读与搜寻来寻找企业的潜在客户。

（2）关系链条法

关系链条法，即我们在寻找潜在客户时，应先了解自己的关系链，进行“你是谁？你认识谁？谁是你的客户？谁又能帮你找到客户？”等一系列思考，进而找到企业的目标客户。

（3）中心开花法

中心开花法，又称名人介绍法、中心人物法、中心辐射法，即客户开发人员在某一特定的开发范围内，取得一些具有影响力的中心人物的信任，然后在这些中心人物的影响和协助下，把该范围内的个人或组织发展成为客户开发人员的目标顾客的方法。

（4）网络推广法

网络推广法，即借助于互联网的平台，借助于网络推广手段，吸引潜在客户，搜寻目标客户的方法。

（5）会议营销法

会议营销法，即通过相关产品介绍会议，将有一定想法的客户邀请过来，然后进行产品或服务的详细介绍，从而获得目标客户的方法。

3．寻找潜在客户的主要途径

（1）利用关系链

用自己的人际关系寻找客户。

（2）利用有影响的人或组织

利用群体当中有影响力的人或组织作为中间代理人，让其协助客户开发人员寻找目标客户。

（3）强强联合

企业的业务人员与其他企业的业务人员合作，共享客户，是寻找潜在客户的一种重要途径。

（4）广告

许多大公司利用广告帮助销售人员发展潜在客户，而网络广告更是一种趋势。

（5）直接邮寄信件

通过直接邮寄信件寻找潜在客户是一种很有效的方法。潜在客户收到一封信，并被告知，如果他们对产品或服务感兴趣，便可以回信。虽然回信的概率很低，但这种做法仍然是有价值的。即使100封中只能做成一两笔生意，这种做法仍是很有利的，特别是那些昂贵的商品或服务。

（6）上门推销

上门推销是一种最为传统的方法，直接联系客户，一家一家联系，上门拜访。

（7）电话推销

电话推销，是指企业通过电话的渠道，向目标客户群的客户进行电话沟通，从而询问购买意向的一种方法。

（8）商业博览会

随着商业交流机会的增加，商业博览会的举办频次也在逐步增加，通过商业博览会发现潜在客户也成为企业寻找目标客户的一种途径。

（9）讨论会

通过举办会议来吸引企业或相关有影响力的人参加，从而发现潜在客户，也是现在企业寻找潜在客户的一种重要途径。

二、分析客户来源

要确定目标客户，必须先知道客户从何而来，才能详细地了解客户的信息，从而选择合适的客户进行开发。那客户到底从何而来呢？

1．客户来源分析的主要思路

客户来源分析，即分析客户从何而来。一般而言，我们先要了解企业的产品或服务的基本的定位人群，这就是我们客户的来源。当然，要找出客户来源的具体群体，必须对企业的整个营销关系环境进行了解，从而更详细地了解客户来源的群体，更有针对性地进行选择和开发。因而，作为业务人员，在进行客户开发工作时，首先要了解自己企业的产品或服务的定位，从而了解自己产品或服务的目标客户人群，进而从目标人群当中发掘企业的潜在客户；其次，要了解企业的产品是如何传送到目标消费人群手中的，并分析其营销关系环境，从而找出企业的客户群体到底有哪些。这便是客户来源分析的思路，其示意图如图 1-10 所示。

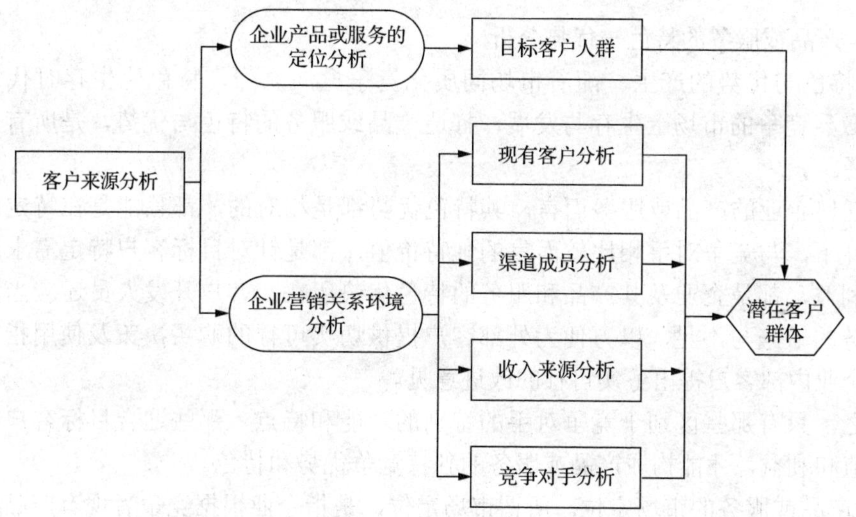

图 1-10　客户来源分析示意图

2．企业产品或服务的定位分析

要做好客户开发工作，必须将对企业产品或服务知识的分析与了解放在优先考虑的位置。这是因为，一个客户开发人员能否给自己的客户以专业、踏实的感觉，不仅取决于客户开发人员良好的服务意识及高超的沟通技能，更大程度上还取决于客户开发人员对产品或服务专业知识深刻的了解与完整的掌握。对产品或服务的性能及特点等相关知识的学习及运用，不仅贯穿于为客户提供产品或服务的全过程，还对客户开发工作的成败起决定性的影响作用。对产品或服务的分析与研究，可以从以下三大方面入手。

（1）产品或服务的性能与特点分析

不同行业的产品或服务，其性能与特点千差万别，客户开发人员面临的挑战也各有不同。深入了解产品的性能、特点及使用知识，熟悉不同产品或服务组合给客户带来的价值和利益的差异性，是客户开发工作成功的关键。

1）产品或服务的基本知识。产品或服务的基本知识范围广泛，主要包括硬件部分、软件部分、种类型号、使用知识、交易条件、功能作用、价格价值、客户利益等方面。只有客户开发人员对产品或服务的知识有透彻的理解和掌握，客户才能对客户开发人员及企业建立宝贵的信任感，企业才有机会开发客户，提供满意的服务。

2）产品或服务的选择。对产品或服务的知识的掌握，着眼点在于灵活运用所掌握的知识，根据消费者个体特点，助其选购合适的产品或服务组合，以获得商家和客户的双赢。

（2）产品或服务的特色与优势分析

1）特色与优势的产生。随着市场同质化竞争愈演愈烈，特色化生存时代悄然来临。在激烈竞争的市场上生存与发展，打造产品或服务的特色与优势，是所有企业的必然选择。

对任何企业的产品或服务而言，其特色优势都是相对的，都只能是在特定的市场环境条件下，与竞争对手相比较而言的独特价值，都是针对目标客户特定需求所提供的特别利益，都是企业及其产品和服务的特色优势所在。客户开发人员还应当清楚产品或服务的缺陷与不足，以方便为外部客户提供切实可行的购买决策及使用指导，并及时给企业内部客户提出务实可行的改进意见。

总之，只有那些区别于竞争对手的特别的功能和特点，那些迎合目标客户需求的特别价值和利益，才能构成产品或服务的独特竞争优势和特色。

2）产品或服务的市场定位。所谓市场定位，是指企业根据竞争者现有产品在市场上所处的位置，针对消费者对该类产品某些特征或属性的重视程度，为本企业产品或服务塑造的与众不同、让人耳目一新的形象，并将这种形象生动地传递给目标客户，从而使该产品在市场上确立适当的地位。

市场定位并不是对一件产品本身做什么，而是要在潜在消费者心目中做些什么。市场定位的实质是使本企业的产品或服务与其他企业严格区分开来，并使客户明显认识到这种差异，从而在客户心目中占据特殊的位置。

（3）行业发展动态及竞争者分析

作为一名优秀的客户开发人员，心中不仅要对自己企业的产品或服务有详细的了解，还应该对行业和市场的大框架有所了解。不了解行业和市场的动态及趋势，就很难跟上时代的节奏，就可能看不清发展的大方向。此外，不了解竞争对手的优劣势，就难以抓住本企业产品或服务的特色及优势的关键所在，也不能为客户提供中肯的咨询意见和解决办法。

要及时跟踪并准确了解产品或服务相关行业的发展特点，一般可以从所处行业的内涵及范畴、推动政策、发展的主要特点分析、动态及趋势分析、对手的发展动态及优劣势分析来入手。

3. 企业营销关系环境分析

从理论上讲，所有的消费者都可能成为企业的客户。但现实中，某一企业的产品或服务都会有范围限制，因为很少有企业能有实力为所有人提供满意的产品或服务。每个企业都有特定的经营范围，所提供的产品或服务都有其合适的、特定的客户群体。因此，只有对企业的营销关系进行分析，继而寻找并识别企业的目标客户，客户开发工作才能有的放矢、事半功倍。

（1）现有客户分析

对于企业客户开发人员来说，在拓展客户群体及开发新客户之前，应认真分析和研究现有客户。例如，判断现有客户是否得到了合理的开发，分析客服工作是否合适，能否进一步挖掘现有客户的购买力等。对于这一系列问题的深入思考，是挖掘现有客户价值和提高客户开发工作的重要途径。

1）现有客户的合理分类。通过对现有客户信息进行分类，对总体客户的性别构成、年龄结构、地域分布、消费额度、需求类型、工薪水平、个体偏好等进行统计分析，得出一系列有重要商业价值的数据，这有利于后续客户工作的开展。具体操作可利用表格工具来进行，如表1-13和表1-14所示。

表1-13　客户地址分类表

序号	客户名称	编号	地址	经营类别	与公司的距离	不宜拜访的时间	备注

表 1-14　客户总体分类表

分类标准		客户比例 /%
性别	男性	
	女性	
年龄	18 岁以下	
	18 ～ 45 岁	
	46 ～ 60 岁	
	60 岁以上	
地域	乡村	
	城市	
地域	东部	
	西部	
	南部	
	北部	
消费额	高额	
	中额	
	低额	
需求类型	生产资料需求	
	生活资料需求	
收入水平	1 000 元以下	
	1 000 ～ 3 000 元	
	3 000 元以上	
偏好的购物方式	摊点零售	
	市场批发	
	厂家批发	

2）客户的区域分布及产品销量分析。在企业的总体客户中，不同区域市场对企业的贡献存在显著的差别，为此客户开发人员应制定恰当的开发策略，确定合适的工作重点。具体可利用客户区域分析表和客户销售分析表来进行分析，如表 1-15 和表 1-16 所示。

表 1-15　客户区域分析表

年度	区域	客户数量	占客户总数的比例 /%	占该区总销售额的比例 /%

表 1-16　客户销售额分析表

单位：万元

客户名称	A 产品	B 产品	C 产品	……	合计

（2）渠道分析

渠道，是指某种货物或劳务从生产者向消费者移动时，取得这种货物或劳务所有权或帮助转移其所有权，也就是商品和服务从生产者向消费者转移过程的具体通道或路径。其示意图如图 1-11 所示。

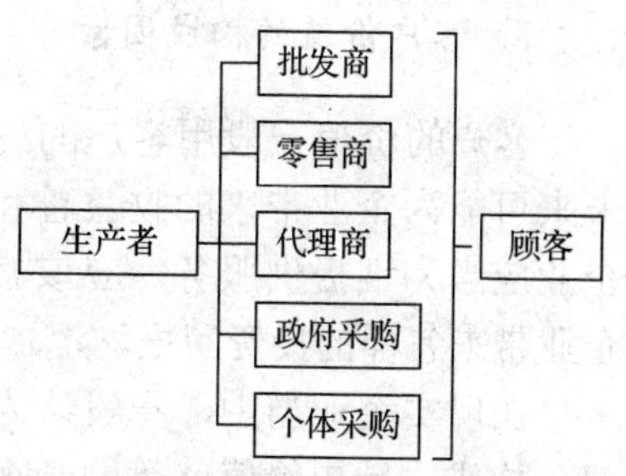

图 1-11　渠道示意图

从渠道的示意图可以看出，那些在帮助我们分销商品的企业、组织或个人都是我们的客户。当然，我们也可以思考，我们的产品目标定位人群是谁，谁又能帮助我们把企业的产品传递给我们的目标客户呢？这些帮助我们的成员就是我们要寻找的渠道客户。

（3）收入来源分析

通过研究企业的业务范围、明确企业的收入来源、了解购买产品或服务的决策者及判别产品或服务的受益者等方式，可了解和识别潜在的客户群体。

对于商贸流通领域的企业而言，进行收入来源的分析，应该先对企业资金流进行分析。资金是从消费者流向市场的，资金经过哪些环节，哪些环节便都有可能是企业的潜在客户，如图 1-12 所示。

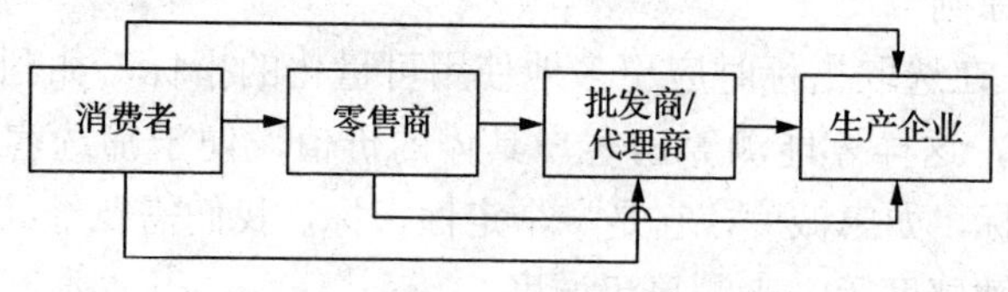

图 1-12　企业收入来源分析示意图

（4）竞争者分析

竞争者，就是与企业生产同类或可替代产品的企业，所针对的目标客户的需求是一致的或相似的。因而，竞争对手所追逐的客户是不是也可以去尝试跟进和开发的客户呢？因此，在做竞争者的客户分析时，要结合自己产品的定位及企业本身的资源优势，取长补短，抓住机遇。

三、选择目标客户

任务 1.3（2）

选择合适的潜在客户，必须在基本特性分析的基础上，选择合适的评价指标，进行客户价值的评估，才能在选择目标客户时有可量化的依据。而指标从何而来？既然要测算或评估的是客户价值，那么在设计指标时就必须从客户价值的构成出发，提炼出衡量客户价值的指标，用其测算客户的总价值。

1．客户价值的构成因素

客户的价值一般用客户的终身价值来体现。客户的终身价值指的是每个购买者在未来可能为企业带来的收益总和。客户的终身价值是客户关系管理的准绳，它决定了企业应当为谁提供服务，应该怎样为其服务。企业的客户服务策略也决定了客户将给企业带来怎样的投资回报。

在现实企业当中，一般认为客户的终身价值由历史价值、当前价值和潜在价值三部分构成。历史价值就等同于客户与企业发生的交易已经创造的价值；当前价值是指客户在生命周期内的价值，按过去的交易模式，即以固定的交易量和交易频率在未来的生命周期内为本企业创造的利润；潜在价值是指客户对于自己的购买行为做出评价，然后影响其他新客户的行为，从而为本企业带来的客户价值增值。也有企业也会选择将历史价值和当前价值归为一类，统称为当前价值。因而，客户终身价值主要包含两部分：当前价值（指客户在生命周期内，按历史交易模式所创造的总利润）和潜在价值（指客户为企业带来新客户所增加的价值）。

2．设计客户价值评估的指标体系

（1）指标选取原则

1）量化原则。在选取指标时应更多地使用可量化的指标，如利润额、购买量、购买频率、回款率等，这样才能测算出客户具体的价值，便于筛选客户。另外，还应进一步量化定性的指标，如忠诚度，它是一个定性指标，我们需要继续设计二级指标（如重复购买率、价格敏感度等）来测算忠诚度。

2）尽量剔除干扰性。这个原则主要是考虑到有些指标在使用的过程中会受到一些因素的干扰，如购买频率，会因季节的淡旺季而使该指标失真，失去衡量作用。因而，我们在使用指标测算的过程中应尽量剔除这些因素的干扰。

3）符合目标性。我们选取的指标一定要能够符合我们测算价值的目标，真正能衡量客户价值的大小。

（2）企业常用指标

在设计具体的测算或评估客户价值的指标过程中，企业会因偏好的差异而选择不同的指标。下面介绍一些企业常用的指标。

1）利润额，是指客户为企业创造的利润总额。

2）购买量，是指客户在企业购买产品或服务的总量。

3）购买频率，是指客户在企业购买产品或服务的频率。

4）服务成本，是指企业需为客户提供服务而花费的成本。

5）重复购买率，是指客户重复购买企业产品或服务的频率。

6）支付能力，是指客户本身的货币支付能力。

3．评估客户价值

不同的客户对公司意味着不同的价值，甚至有些客户只会给企业带来亏损，所以客户的价值是需要评估和测算的。根据客户价值的大小进行分类，并采取不同的客户服务策略，是提升客户忠诚度和增进企业长期利润的重要途径。

必须看到，客户价值是一个动态的、综合的概念和现象。客户给企业带来的价值既有近期价值，也有远期价值；既有显性价值，也有隐性价值；既有目前价值，也有终身价值。正因如此，如何合理评估客户给企业带来的价值，如何根据客户价值进行分类，变得非常关键。这将决定企业应该赢取哪些客户，应该巩固哪些客户，应该发展哪些客户。

在评估或测算客户价值时，测评方法主要分为三个环节，其示意图如图 1-13 所示。

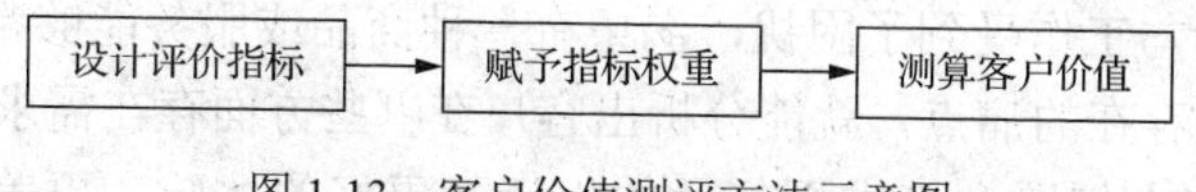

图 1-13　客户价值测评方法示意图

1）设计评价指标。企业根据客户价值构成，提取各部分客户价值构成的测评指标，进而设计出测评客户价值的指标体系。

2）赋予指标权重。企业可以根据行业特点、竞争对手做法，以及企业自身测评权重偏好，设计符合自身所需的指标权重。

3）测算客户价值。通过“客户总价值$=\sum$指标$_i\times$权重$_i$”的测算方法，在表 1-17

中测算出具体的客户价值，以便于进行客户筛选。

表 1-17　客户价值评估表

评估指标	指标权重	得分	得分依据	备注
合计				
评估结果与建议				

四、定位优势客户

每一个产业发展都依赖于市场需求。商家想要获得成功，就必须想方设法挖掘并掌握客户的需求，充分地满足一定数量的客户需求，这些需求数量就组成了公司的市场份额。

1. 锁定客户需求

需求是消费的基本动机，它决定了人们是否会购买一件商品，而需求的强烈程度，决定了人们购买这款商品的迫切程度。

需求是指存在于人们内心对某种目标的渴求或欲望。美国商业思想家亚德里安·斯莱沃斯基在其《需求》一书中曾写道："需求就是满足人类的物质与情感的各种需要，那些生活中产生痛苦、不便、浪费，乃至于危险的麻烦、各样的不满足，组成了人们的需求。"用通俗的话来讲，人们的需求有两种，即痛苦与不满足。

痛苦是指客户存在哪些急需解决的问题，客户需要通过购买店铺的商品或服务来摆脱或减轻这些问题给其带来的痛苦与麻烦。这种层次的需求主要体现在客户明显地感觉到自己的生活与工作受到了困扰，渴望有一种商品或服务能够帮助自己解决问题。我们只要找到客户存在的痛点，就能分析出客户在哪些方面存在需求。

不满足体现在人们愿意追求更舒适的生活、更好的体验、更美妙的感受。例如，当我们拥有一辆宝马汽车之后，很可能会期待有辆兰博基尼汽车。

根据马斯洛需求"金字塔"，人们在满足了自身的基本需求后，就会向往并追求更高的需求，当人们内心向更高层次的需求发起进攻时，他们期待通过购买店铺的商品或服务来获得满足或提升已经获得的满足。因此，商家可以通过分析客户的体验与满足，了解客户在生活中期待获得哪种生活体验，从而锁定客户内心期待的满足。

锁定客户需求是分析精准优质客户的首要条件，所以在定位精准优质客户前，首先需要思考如图 1-14 所示的问题。

- 客户对现状有哪些不满足？
- 客户可以从我们的商品或服务中获得哪一种满足？
- 客户期待获得什么样的满足？
- 他们对这种满足渴望程度如何？

- 我们的商品能够帮助别人摆脱或减轻哪一种痛苦？
- 哪一群人正在经受这样的痛苦？
- 他们痛苦到什么程度？

图 1-14　锁定客户需求需要思考的问题

2. 分析客户的需求强度

当分析并锁定客户需求后，就需要对客户需求的强度进行分析。将自己的商品与信息传播到最有需求、最有购买意向的客户面前是营销最基础、最本质的要求，因为需求最强烈的客户是购买速度最快的客户，也是最容易成交的客户。

案例

曾经有一位营销大师问学生们这样一个问题："假设我们一起在一条街上卖汉堡，比赛谁卖出的汉堡最多，如果你可以获得一个优势的条件，你最希望获得什么优势？"

学生们给出的答案五花八门。有人说希望汉堡里的肉多一些，有人说希望汉堡里的沙拉多一些，还有人说希望有一个好的售卖地点，当然大部分人会想要汉堡的价格再低一些……

当学生们都说完自己的答案后，这位营销大师对他们说："好吧，我会把你们提出的条件都赠送给你们，而我只需要一个优势，以这种优势来出售汉堡，我相信你们会输得很惨。"

学生们都很好奇地问："那你想要的优势是什么呢？"

"我唯一想要的，是一群饥饿的人！"营销大师不疾不徐地回答。

学生们听后，恍然大悟，掌声雷动！

上述案例告诉我们一个永恒不变的市场营销法则，不断地去寻找对某些特定商品或服务有迫切需求的人群，然后为其提供所需的商品，而不是先有一个好的商品，再去开发未知的市场。

那么，如何找到需求最迫切的客户呢？如何分析客户需求的强烈程度呢？可以从两个标准对客户需求强度做出评判，如图 1-15 所示。

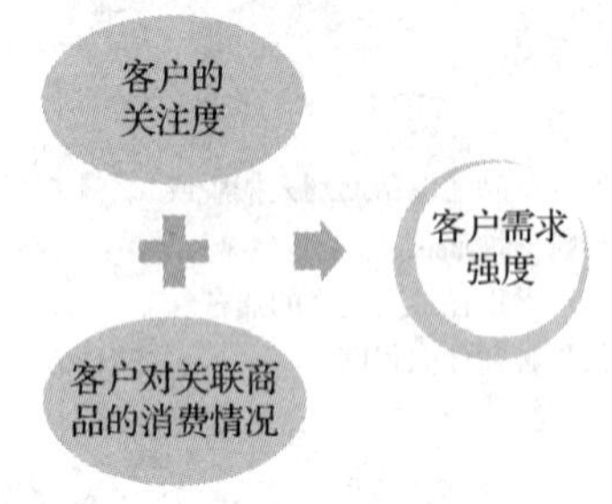

图 1-15　客户需求强度的评判标准

（1）客户的关注度

客户的关注度，即客户对店铺的商品或服务的了解程度。如果客户对店铺的商品或相关商品一无所知，由此可以判断出该客户目前还没有意识到自己存在这方面的需求，这类客户的需求还没有被激活。要想让他们购买商品或服务，需要对其做很多的需启发。

如果客户对店铺的商品或同类商品有比较深入的了解，说明客户已经意识到自己有这方面的需求。因此，客户关注度是评判客户需求强度的一个标准。

（2）客户对关联商品的消费情况

客户对关联商品的消费情况，即客户是否购买过相关的关联商品。客户在消费关联商品时，说明客户对需求已经有了比较深入的认知，已经开始购买一些商品来满足自己的需求。例如，某位商家想促销一款新上市的美容仪，如果一个客户连面膜都没有买过，就说明该客户对美容类商品的需求并不强烈；如果某个客户有定期购买美容类商品的习惯，就说明该客户对美容类商品有着很旺盛的需求。

当清晰地定位了一群有需求的客户后，我们就能知道自己的利润从哪里产生。当我们对客户需求的强度进行详细分析后，就可以明白从哪些人身上最容易获得利润。

3．精准定位优质客户

精准定位优质客户有七个步骤，遵循这七个步骤，商家可以快速地界定利润市场，锁定最优质的客户，有效地开展营销推广。

（1）初步界定目标客户

营销的第一步就是要分析界定目标客户，一般可以通过客户的内在属性和外在属性两个方面来对客户进行界定，如图 1-16 所示。

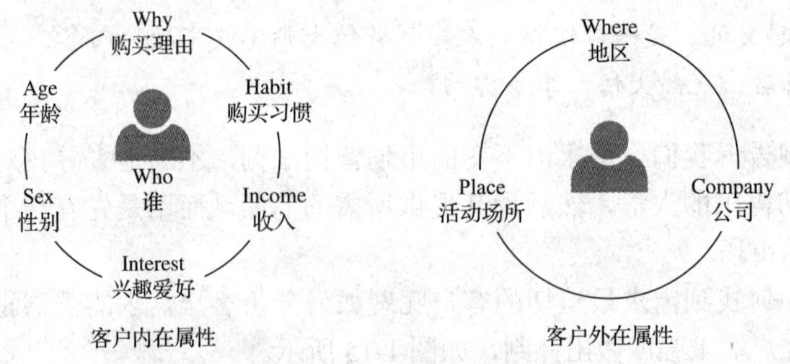

图 1-16　目标客户的初步界定

将客户的属性清晰地列出后，基本上就可以对目标客户做出界定，但这还不够精准，需要将客户的范围进一步缩小。

（2）用购买能力对客户进行区分

优质的客户必须具备购买商品的能力，如果不具有购买商品的能力或能力不足，就一定会不停地砍价，最终或许不会购买，浪费时间与精力。如果经常碰到砍价的客户，说明客户的定位不够准确。

评判客户的购买能力一般是借助客户收入或客户的平均消费水平，以及是否购买过额度较大的商品等标准来展开的。购买能力也体现在客户拥有哪些有价值的商品。例如，客户拥有劳力士手表、香奈儿香水等奢侈品，说明该客户具有较强劲的购买能力。

（3）用消费历史挖掘客户需求

菲利普·科特勒曾说："推断人们将要购买什么的方法是观察人们过去购买了什么，以及正在购买什么。"只有了解并掌握了客户要购买什么商品，我们才能知道把商品卖给谁。

客户的消费历史与经历代表了其对商品类别的认知，对某类商品的潜在需求，以及购买某类商品的可能性。对客户消费历史进行分析，包括分析客户是否购买过同类的商品、相关联的商品、互补的商品（如西装与皮鞋是互补商品），以及是否购买过竞争对手的商品。

从客户的消费历史中可以轻易地挑选出对我们的商品有一定了解，不需要对其进行需求刺激及启蒙引导的客户，这就节省了大量的营销时间。

（4）购买需求决定你的客户

客户之所以会购买某件商品，是因为他对该商品存在某个方面的需求。假如客户没有需求，就一定不会购买。前面已经提到过，客户的需求决定了其购买的速度与可能性。

通过客户的消费历史和客户关注的焦点可以挖掘客户的需求。假如客户曾经购买过竞争对手的商品或相应的替代品，那么该客户在这一块就是有需求的。假如客户关注某一商品的性能、特点和评价，那么他必定在这一块有需求，因此可以从相关的点评类网站上找到有需求的客户。

（5）利用消费频率筛选客户

消费频率越高，代表客户价值越大。锁定并抓住高消费频率的客户更容易促成交易，因为经常购买某类商品的客户，一定对该类商品已经有比较深入的了解，商家现在所要做的就是向客户展示自己商品的价值。同时，消费频率代表客户有消费此类商品的偏好，一旦客户对某类商品有了偏好，与其进行后续交易将会是一件非常顺利的事情。

获取客户消费历史最好的方法就是向客户展开一个有奖调研，同时可以多关注行业内的信息与数据。

（6）用市场细分锁定客户

通过前面五个步骤，商家基本上可以锁定自己的精准客户，但是商家如何才能知道这些客户是否认可自己的商品风格与价值呢？在这里，商家必须通过市场细分来锁定客户。开展市场细分的目的是寻找并抓住最容易产生效益的客户群，商家通过市场细分能够选择到对自身商品性能或服务特点认可并支持的客户。

市场细分有助于商家规避竞争，通过细分划出一片适合自己营销的市场区域，在这个区域中，商家可以形成独特的竞争力。

（7）精准提取客户的特征

精准提取客户的特征，有助于店铺的营销队伍清晰地掌握谁是有价值的客户。

通过以上的细致分析，商家已经能够把握客户的细致特征。但是，商家还必须把客户的特征提取出来，以便让营销推广部门知道谁是最有价值的客户，实施更加精准的营销。在精准提取客户的特征时，需要注意两点事项，如图 1-17 所示。

图 1-17　提取精准客户特征时的注意事项

通过以上七个步骤，商家就可以精准地列出自己的优质客户的特征与标准，如 20 ～ 25 岁女性，收入 8 000 ～ 1 0000 元，追求个性、时尚，讲究商品品牌，有一定购买高价值商品的能力等。随后，商家就可以集中精力向这些优质客户开展营销，直到她们心动并购买商品。

任务实施

第一步：布置任务，组织和引导学生讨论并思考如何评估客户价值。

第二步：各小组学生完成表 1-18。

第三步：结合学生讨论结果进行总评。

第四步：课后收集某企业的客户相关数据，完成表 1-19。

表 1-18　猕猴桃客户价值评估指标任务表

客户价值构成	客户价值评估指标	指标数据获取路径
历史价值		

续表

客户价值构成	客户价值评估指标	指标数据获取路径
潜在价值		
当前价值		
讨论中的疑问		

表 1-19　______企业客户价值评估指标设计

客户价值构成		客户价值评估指标	指标数据获取路径
任务总结	知识小结		
	团队收获		

任务四　收集客户信息，创建客户资料库

学习目标

※ 知识目标

1. 了解客户信息档案的含义。
2. 理解客户信息对于企业的重要性。
3. 掌握客户信息档案的内容及要求。
4. 了解客户信息获取的多种途径。

※ 技能目标

1. 能结合企业的要求设计个人客户信息档案。

2. 能结合企业的要求设计公司客户信息档案。

案例描述

1.4 案例

客户关系对美国户外运动品牌（Eddie Bauer）来说意味着一切，特别是西雅图的服装零装售商正在试图对 1 500 万零售商及互联网客户建立一对一的客户关系。

使用 SAS（statistical analysis system，统计分析系统）公司的客户关系管理解决方案，Eddie Bauer 优化了其在线客户的购物经验，以保证当客户意识到公司的增长潜力时感到很高兴。为了做到这一点，零售商必须了解其客户，并从客户的角度观察购买经验。

1. 一个新观点

到 1998 年为止，Eddie Bauer 拥有的大部分客户数据都在不同的地方。SAS 帮助该公司意识到应该从以往的以销售渠道为中心策略转变为以客户为中心的策略。

1998 年，公司开发了一个普通的数据库，该数据库提供了一些非常不同的有关方向和决策的策略信息。例如，比较年度销售指数来确定客户目前价值和计划客户的寿命价值。

2. 信息决定商业决策

Eddie Bauer 于 1920 年成立于西雅图。从那时起，公司不断发展壮大。这个有数百万美元营业额的零售商试图跟踪所有的数据。一个普通的客户在 5 年内大概有 20 个的订单，每一个订单有 4 项记录，也就是说每个客户有 80 项记录。

从 1 500 万到 2 000 万项购买历史记录中，已知的有关客户的信息包括姓名、年龄和住址。能从中得到什么呢？大量的随机数据让人觉得头疼，怎么能把这些数据转变成有用的信息来帮助企业做决策呢?

这就是 Eddie Bauer 在使用 SAS 数据仓库和数据挖掘技术之前的真实状况。公司有来自不同地方的各种数据，有些员工在使用像 SAS 这样的工具进行数据挖掘，并把数据从不同的地方收集到一起，但是却没有充分利用这些数据。因此管理者决定，应该执行 SAS 的数据仓库计划来整理这些不同数据，并把这些数据变成人们所需要的、有用的数据。

3．跟踪客户

公司目前可以有效地管理这些数据并且用有效的方法来分析客户行为。数据挖掘或是从数据中提取有用的和以前不知道的知识，典型的是 Eddie Bauer 对目录中的和零售部分采用直邮的手段。

Eddie Bauer 可以跟踪客户购买方式。SAS 向公司提供其所需要的一些收集和管理信息的经验，公司可根据这些信息做出决策。

4．正确的信息为了正确的客户

Eddie Bauer 使用预期建模来决定哪些客户收到了邮件和产品目录。例如，Eddie Bauer 每年都有一些有关外衣的产品专刊，通过数据挖掘技术，公司可以获知哪些客户会购买此类产品。

数据挖掘技术还可以帮助 Eddie Bauer 确定季节性的购买特性。公司可以识别那些通常不会购买外衣的、有相近特点的人，对这些人进行直邮，引导其来商店购买其他产品。

5．客户忠诚度

客户忠诚度对于 Eddie Bauer 这类公司来说显得非常重要。如果一个公司有 100 个客户，其中 3/4 的客户有购买能力，那么公司在第一年可以得到 75 个订单，而第二年只有 56 个订单。依次类推，这意味着到了第三年，公司只有 44 个客户了。

但是 Eddie Bauer 采用了数据挖掘技术，其可以跟踪和保留这些有效客户。数据挖掘的根本，就是能够通过一些有用的信息来保留住那些非常能够产生效益的客户。

使用 SAS 的数据挖掘软件进行预期建模，公司 500 万个客户中有 10 万个很可能会购买产品，然后公司对这 10 万个客户进行直邮。如果每一个客户一次平均消费 2 美元，那么将有 20 万美元的新收入。如果公司一年寄 30 个邮件，那么可以产生额外的 600 万美元的收入。

SAS 软件被证明是特别易用的软件产品，只需 2 ～ 3 次演示，该产品就可以为企业带来很多效益。

与 SAS 建立业务关系是使用 SAS 软件的一个重要益处，SAS 的技术服务小组总是在需要的时候尽可能快地解决工作当中的问题。

SAS 给该公司提供分析和洞察客户行为的方法，为公司提供了战略性的解决方案。

案例实战

通过对案例的学习，经过小组讨论，同学们分析以下问题，并完成小组讨论。

1．案例中 Eddie Bauer 公司面对的客户是什么客户？

2．针对这类客户，我们应该怎样设计客户信息档案？

3．客户信息档案的作用是什么？

4．我们可以从客户信息档案中得到什么有用的信息？

任务布置

同学们帮助苏小萌分析以下问题。

1．应该怎样收集公司的猕猴桃销售面向的客户资料？

2．应该怎样设计客户信息档案？

3．我们有哪些工具可以对数据进行管理？

4．收集客户信息的途径有哪些？

任务分析

一些公司之所以经营业绩好，拥有一大批忠诚客户，一个重要原因就是建立了完善的客户信息档案，运用数据库技术对客户信息进行管理，并基于对客户信息的分析，推出了细致而贴心的个性化服务，深深打动了客户，使公司获得了很高的认可度。然而，建立客户信息档案，对不同类型的客户，关注的信息点不一样。因此首先要考虑设计个人客户和公司客户信息档案时，内容的侧重点有什么不一样，这样才能设计出有针对性、实用性的客户信息档案。

要建立完善的客户信息档案，就必须明确采用哪些渠道能够收集到客户信息。在实际工作中，是否能够根据具体的工作任务，选择恰当的渠道去收集客户信息，关系到客户信息的准确性及客户信息的广度和深度。

选择恰当的客户信息获取渠道，首先应该考虑收集客户信息有哪些渠道，仔细分析自身的客户信息需求，然后在此基础上确定客户信息的收集渠道。

相关知识

客户信息是企业资源的重要组成部分，客户不仅是普通的消费者，还是信息的载体，能够有效地为企业提供包括有形物品、服务、人员、地点、组织和构思等大量信息。客户信息的收集与管理是开展客户关系管理的基础。

随着市场竞争越来越激烈，企业越来越注重客户信息的管理工作，客户信息档案管理工作正朝着数据化、精细化、系统化方向发展。客户信息是指企业服务对象的喜好、需求、购买商品或服务的记录等一系列相关资料，它们会对客户的购买行为产生一定的影响。

一、客户信息的收集

客户信息档案是企业在与客户交往过程中所形成的客户信息资料，是反映客户本身及与客户关系有关的商业流程的所有信息的总和，包括客户的基本情况、市场潜力、经营发展方向、账务信用能力、产品竞争力等有关客户的方方面面的信息。建立符合要求的客户信息档案是客户关系管理的基础性工作，是进行客户开发和客户关系维护的依据。

任务 1.4

1．客户信息对企业的重要性

（1）客户信息是企业的无形资产

随着市场的发展，同业之间的竞争日趋激烈，企业之间的竞争体现为对客户资源的争夺。客户的资源特性已经越发明显，客户信息被视为企业的无形资产，关系到企业的核心竞争力。客户的市场价值可以直接从客户的数据信息中体现出来。从客户数据中，企业不但能够发现给企业带来收入的客户在哪里，客户的最大贡献价值是多少，客户价值的消耗和再生是如何进行的，还能够通过客户数据的发展变化来识别客户资源的占有量、流失、消亡和再生。这对企业的生存和发展起着至关重要的作用。

（2）客户信息是企业生产、营销的导向

客户信息反映了市场的需求和产品的特性要求，是企业生产的导向。企业生产什么功能、性能、价格的产品，产品的性能怎样，包装采用什么风格最受欢迎，采用什么样的营销策略最有效、最有针对性、最能够打动客户，都能够从客户的消费特征、消费行为信息中体现出来。

（3）客户信息是企业客户服务的基础

掌握详尽的客户信息，并对客户信息进行系统分析，分析的成果可以直接指导客户服务的操作，不断提高客户服务质量，提高客户服务的满意度，使企业的客户资源进入良性的企业价值实现过程中，不断为企业创造收益。

总之，对客户信息的收集和利用已经成为企业发展不可或缺的重要环节，成为企业在市场经济竞争中制胜的法宝。

2．客户信息的主要内容

要想让以客户为中心的运营策略充分发挥效用，前提是要做好客户信息的收集工作。商家要做到比客户还了解他们自己，收集客户信息时，应以客户为主体，而不是以自己的业务为主体。

以客户为中心的信息收集，不要一开始就着眼于整理与自己店铺发生交易的客户信息。店铺内产生的某笔交易也有可能是“真正的客户”临时借用他人的账号下的单，如果收集了这种“偶然性交易”信息，往往只会对以后的信息分析起到干扰作用。在进行客户信息收集时，需要先站在客户的角度，审视哪些信息可能与交易有关系。一般来说，商家待收集的客户信息主要有以下几个方面，如图 1-18 所示。

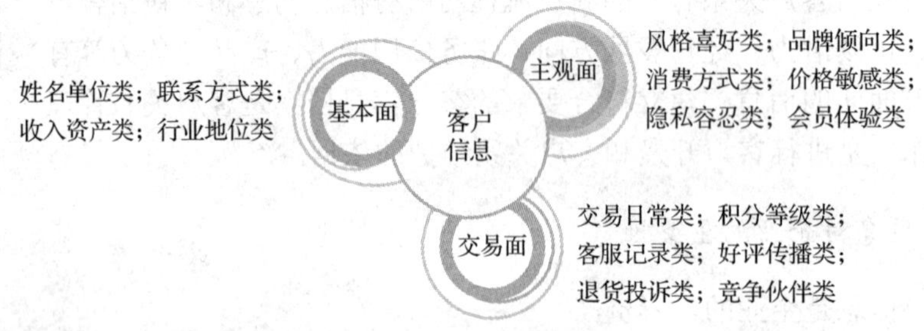

图 1-18　商家待收集的客户信息

在商务交流中，客户可以分为个人客户和企业客户两种类型，因此客户信息也分为个人客户信息和企业客户信息。

（1）个人客户信息

个人客户信息包括三个方面的内容，即基本信息、态度信息和行为信息，具体内容如表 1-20 所示。

表 1-20　个人客户信息的主要内容

信息类型		具体内容	信息的价值
基本信息	客户自身基本信息	姓名、性别、年龄、联系方式、住址、邮箱等	会在一定程度上影响客户的消费要求与偏好
	客户家庭信息	婚姻情况、配偶生日、结婚纪念日、配偶爱好、是否有子女、子女的姓名、子女的年龄、子女的生日、子女是否与父母同住等	会对客户的购买习惯造成影响
	客户事业信息	就业情况、就职单位、工作地点、工作职务、收入情况、对未来事业的发展规划、个人从业经历等	会在一定程度上影响客户的购买习惯及购买方式

续表

信息类型		具体内容	信息的价值
态度信息	客户的个性信息	指客户独特的心理特征，通常体现为性格特征，如外向、内向、自信、谨慎等	会对客户的购买速度、购买决策的制定造成影响
	客户的生活情况	客户的健康状况、兴趣和爱好、饮食习惯、生活态度、度假习惯等	会对客户的购买目标造成影响
	客户的受教育情况	受教育程度、所学专业、参加社团等	会对客户的购买偏好及购买习惯造成直接影响
	客户的消费理念	是否追求潮流、是否看重商品的品牌、是否追求个性等	决定了客户对某些品牌或商品的感觉和态度，并由此影响他们对商品或品牌的选择
行为信息	客户的购买动机	通过挖掘客户某次购买行为的动机，了解其需求。例如，客户的购买动机或需求是否具有持续性，客户购买商品时主要的关注对象是什么，商品满足了客户哪方面的需求等	商家需要在商品设计或再次销售中保持或完善这些信息，它们是商家对客户进行再次营销的切入点
	客户的购买种类	企业的商品往往不会只有一个种类、一个品牌，客户的购买需求也不一定是单一的，而是多样化的，因此需要关注客户购买的商品的类型	了解客户购买商品或服务的种类有助于企业了解客户的需求
	客户的支付方式	网上支付、货到付款等	帮助商家了解客户的支付偏好

（2）企业客户信息

企业客户信息分为基本信息、业务情况、交易情况和负责人信息等，具体内容如表 1-21 所示。

表 1-21 企业客户信息的主要内容

信息类型	具体内容	备注
基本信息	企业客户的名称、地址、创立时间、所属行业、规模、联系方式，以及企业客户的经营理念、销售或服务区域、企业形象、企业声誉等	对企业客户的购买行为和偏好造成较大的影响
业务情况	企业客户的销售能力、销售业绩、发展趋势和前景、存在的问题等	帮助商家根据客户的不同情况制订具有针对性的商品和销售计划，有利于商家实行“大客户”策略，对具有较强能力、良好业绩且有发展前途的企业客户给予更多的关注，并与他们建立良好的关系
交易情况	企业与客户的历史交易记录，包括交易条件、企业客户的信用情况、企业客户的合作意愿、企业与客户的关系紧密程度等	帮助商家了解客户的诚信情况
负责人信息	企业客户主要负责人的信息，包括企业客户的所有者、经营管理者及法人代表的姓名、年龄、学历、爱好、性格特征等	企业客户的主要负责人在一定程度上影响着企业客户购买决策的制定

建立客户信息档案的要求如下。

1）档案信息必须全面详细、有针对性。建立客户信息档案前，要进行系统的资料收集工作，信息档案要能够满足本公司各部门管理客户的需求。

2）档案内容必须真实。这就要求业务人员的调查工作必须深入实际，实事求是地反映客户的真实状态。

3）对已建立的档案要进行动态管理。客户的信息处于变化之中，建立客户档案后，要对客户进行长期跟踪，根据客户状态的变化，及时调整客户档案中的信息，保持客户信息的时效性。

3．客户信息收集的渠道

要建立一个成熟的客户资料库，需要有稳定、可靠的信息数据。因此，商家需要建立多渠道集成的客户信息收集平台，多方收集客户数据，为随后客户资料库的建立及客户信息分析提供数据支持。

客户信息收集的渠道分为直接渠道和间接渠道两种，每一种渠道均包括多种渠道方式，如图 1-19 所示。

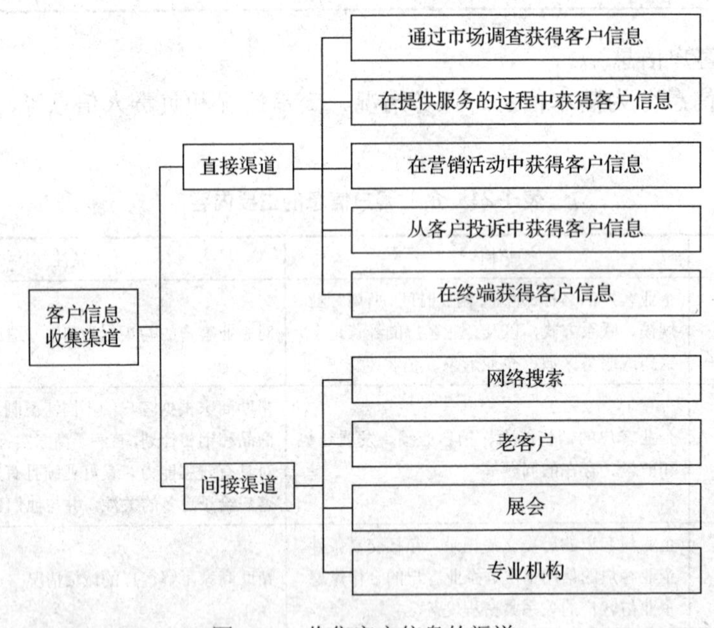

图 1-19　收集客户信息的渠道

（1）直接渠道

直接渠道是指商家的店铺内部的数据库。店铺内部的数据库中存储着大量的客户信息，因此商家从自身内部的数据库中即可获得丰富的客户信息。

1）通过市场调查获得客户信息。店铺的调查人员通过电话调查、问卷调查、面谈等方法获取客户的第一手资料，也可以借助仪器来对客户的行为进行观察并加以记录，从而有效地获取信息。

2）在提供服务的过程中获得客户信息。商家可以借助为客户提供服务的过程来增加对客户的了解，并收集有效的客户信息。

在商家为客户提供服务的过程中，为了满足自己的需求，客户通常会直接向商家表达自己对商品的看法或期望，对服务的评价和要求，对商家竞争对手的看法，以及身边朋友的需求和购买意愿。所以，商家在为客户提供服务的过程中，可以获得大量有效且准确的信息。因此，提供服务是收集客户信息的重要途径。

此外，客户服务记录、客服中心热线电话记录及其他客户服务系统也是收集客户信息的有效渠道。

3）在营销活动中获得客户信息。商家发布广告后，潜在客户或目标客户看到广告后可能会与商家取得联系，商家一旦得到客户的回应，就可以将这些客户的信息添加到客户数据库中。在商家与客户的交易往来过程中，客户对商品的询价、对商品细节的咨询、付款速度、争议处理情况等信息不仅能反映出客户的消费偏好、消费风格，也能反映出客户关注的问题及其对交易的态度等信息。因此，商家与客户之间沟通交流的诸多文件、文本也是收集客户信息的良好渠道，商家可以获得有效的客户信息。

此外，通过商务谈判也会体现出企业客户的经营作风、经营能力及对交易的态度等。同时，客户的资本、信用、目前的经营状况等资料也会在谈判中有所涉及，因此商务谈判是收集企业客户信息的有效途径。

4）从客户投诉中获得客户信息。客户投诉也是商家收集客户信息的重要渠道，商家将客户的投诉意见进行分析整理，并建立客户投诉档案，为改进服务、开发新商品提供基础的数据资料。

5）在终端获得客户信息。终端是直接接触终端客户的前沿阵地，通过与客户面对面地接触可以收集到客户的第一手资料。例如，鼓励客户办理会员卡，让客户提供自己的基本情况，如联系方式、地址、性别和年龄等信息，当客户购物时商家只需客户提供会员卡即可获得客户的购买信息，如购买商品的品牌、数量、档次、消费金额、购买时间和购买次数等。这样商家就可以大致了解客户的消费水平、消费风格，以及对商品价格和促销活动的敏感度等。

（2）间接渠道

间接渠道就是从店铺外部获得有效的客户信息，主要包括以下几个渠道。

1）网络搜索。在互联网时代，网络是搜集信息的必要手段，商家可以借助搜索引擎、行业网站、手机短信等平台来搜集客户的相关信息。这种渠道的优点是覆盖面广泛，包含的信息量大；缺点是搜集到的信息准确性和可参考性较低，在使用之前需要经过详细筛选。

2）老客户。老客户是商家最具价值的资源，他们通常与商家已经形成了良好的互信关系，而且更加了解客户的需求及其他客户的信息。因此，可以通过与老客户之间的沟通来搜集其他客户的信息。这种渠道搜集来的信息比较具体，且具有较强的针对性，但容易带上老客户自身的主观情感。

3）展会。各地区或各行业会不定期地举办展会，吸引很多人参加，客户群体集中且针对性较强。因此，各种展销会、博览会、洽谈会都是迅速收集客户信息与达成购买意向的场所。

4）专业机构。有些专业的咨询公司会向外界提供专业的分析报告，这些信息有些需要付费，有些是免费的。商家可以与这些专业机构保持联系，获得有效的客户信息。

4．客户信息收集的方法

客户信息的收集是客户信息管理的出发点和落脚点。商家可以广泛利用各种渠道和方法来开展客户信息的收集工作。

（1）访谈法

访谈法是指通过访谈者和受访人面对面交谈来了解受访人的心理和行为的心理学基本研究方法。访谈法运用范围非常广泛，能够简单有效地收集多方面的工作分析资料，因而深受人们的青睐。

访谈法的实施步骤如图 1-20 所示。

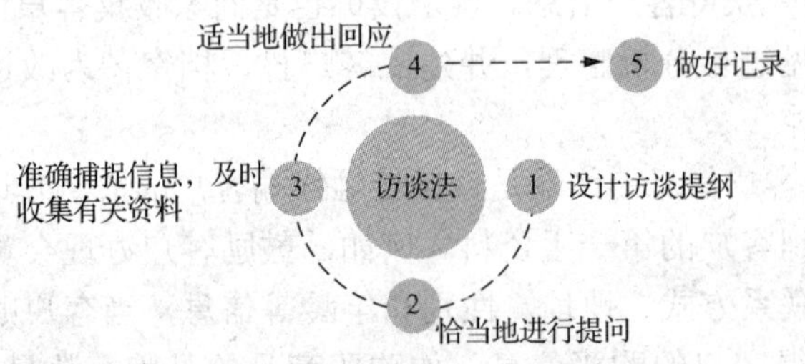

图 1-20　访谈法的实施步骤

1）设计访谈提纲。一般在访谈之前要设计一个访谈提纲，明确访谈的目的和所要获得的信息，列出访谈的内容和提问的主要问题。

2）恰当地进行提问。要想通过访谈获得所需资料，在提出问题时需要注意几点事项。首先，问题的表述要简单、清楚、明了、准确，并尽可能地适合受访者，访谈的问题应该由浅入深、由简入繁，而且要自然过渡；其次，提问可以有开放型与封闭型、具体型与抽象型、清晰型与含混型之分，要懂得选择合适的提问方式；最后，要懂得适时、适度地追问，无论是提问还是追问，方式和内容都要适合受访者。

3）准确捕捉信息，及时收集有关资料。访谈法收集资料的主要形式是“倾听”，“倾听”可以在不同的层面上进行。表现在态度上，访谈者应该是“积极关注地听”，而不应该是“表面地或消极地听”；表现在情感层面上，访谈者要“有感情地听”和“共情地听”，避免“无感情地听”；表现在认知层面上，访谈者要随时将受访者所说的话或信息迅速地纳入自己的认知结构中并加以理解和同化，必要时还要与对方进行对话，与对方进行平等交流。此外，“倾听”还需要特别遵循两个原则：一是不要轻易地打断对方，二是要懂得容忍沉默。

4）适当地做出回应。访谈者需要做的不只是提问和倾听，还需要将自己的态度、意向和想法及时地传递给受访者。回应的方式多种多样，可以是如“对”“是吗”“很好”等言语行为，也可以是点头、微笑等非言语行为。此外，要注意在回应中避免随意评论。

5）做好记录。及时做好访谈记录，可以是文本形式的记录，也可以对访谈进行录音或录像。

（2）问卷调查法

问卷调查法也称问卷法，是调查者运用统一设计的问卷向被选取的调查对象了解情况或征询意见的调查方法。问卷法大多用邮寄、个别分送或集体分发等方式发送问卷。

问卷调查的一般程序：设计调查问卷，选择调查对象，分发问卷，回收和审查问卷，对问卷调查结果进行统计分析和理论研究。

调查问卷一般由卷首语、问题与回答方式、编码和其他资料四部分组成。

1）卷首语。卷首语是问卷调查的自我介绍。卷首语的内容包括问卷调查的目的，选择被调查者的途径和方法，对被调查者的希望和要求，填写问卷的说明、意义和主要内容，回复问卷的方式和时间，调查的匿名和保密原则，以及调查者的名称等。

为了能引起被调查者的重视和兴趣，争取他们的合作和支持，卷首语的语气要谦虚、诚恳、平易近人，文字要简明、通俗、有可读性。卷首语一般放在问卷第一页的上面，也可单独作为一封信放在问卷的前面。

2）问题与回答方式。问题与回答方式是问卷的主要组成部分，一般包括调查询问的问题、回答问题的方式及对回答方式的指导和说明等。

3）编码。编码就是把问卷中询问的问题和被调查者的回答，全部转变成为A、B、C或a、b、c等代号或数字，以便运用电子计算机对调查问卷进行数据处理。

4）其他资料。问卷中的其他资料包括问卷名称、被访问者的地址或单位（可以是编号）、访问员姓名、访问开始时间和结束时间、访问完成情况，审核员姓名和审核意见等。这些资料是对问卷进行审核和分析的重要依据。

此外，有的问卷还有一个结束语。结束语可以是简短的几句话，对被调查者的合作表示真诚感谢，也可稍长一些，顺便征询被调查者对问卷设计和问卷调查的看法。

要提高问卷的回复率、有效率和回答质量，在设计问题时应该遵循以下原则，如图 1-21 所示。

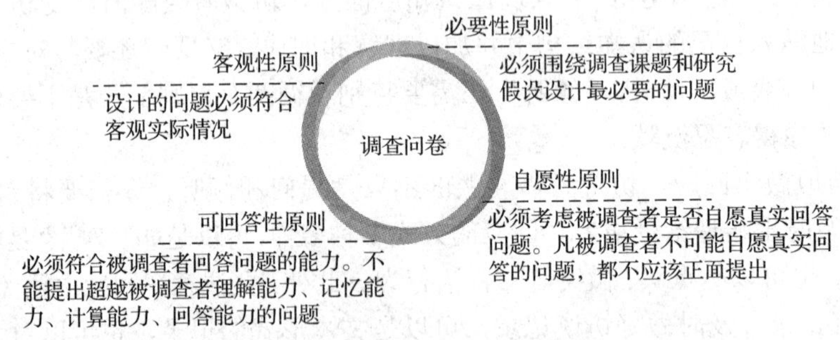

图 1-21 调查问卷问题设计需遵循的原则

二、客户信息的整理

1. 客户信息整理的逻辑

在整理客户信息时，可以借助现代企业常用的客户漏斗管理模式来对客户信息进行有效的整理。按照客户漏斗模型，对客户信息的整理通常需要经历以下三个阶段。

（1）目标市场

根据店铺商品的定位，确定哪些客户会对自己店铺的商品产生需求，然后根据收集到的相关客户信息分析这些客户对自己店铺商品需求量的大小，最后根据分析结果将客户进行合理的分类。通过以上过程可以筛选出对商品需求量大的客户，那么这些客户就可以被列为重要的潜在客户，并加以认真对待。

（2）潜在客户

潜在客户就是目标市场中具有购买意向的客户。但是客户是否具有购买意向，客户管理人员需要充分利用公司各项资源对其进行分析；通过分析确定哪些客户具有较强的购买意向，哪些客户根本没有购买商品的意向。

（3）目标客户

目标客户是指有明确购买意向、有购买力且可以在短期内达成订单的潜在客户。在此有一点需要注意，即整理客户信息时必须要确认客户是否具有购买力，即客户是否有能力购买我们推销的商品或服务。这主要分三种情况：第一种是客户的购买意向非常明确，但暂时不具备购买能力；第二种是客户的购买意向非常明确，也具备购买能力，但这种购买能力较弱；第三种是客户的购买意向非常明确，而且拥有较强的购买能力。

显然，客服人员需要在第三种类型的客户身上花费较多的时间和精力，以促成他们的交易。对于第一种类型的客户，客服人员可以将其暂时放在一边，但仍要与其保持联系；对于第二种类型的客户，客服人员同样要与其保持联系，并且要积极地争取他们。

2．客户信息整理的实施步骤

在电子商务环境下，商家可以利用数据仓库对客户信息进行整合和管理，对客户未来的消费行为进行预测。具体来说，客户信息整理的实施步骤如图 1-22 所示。

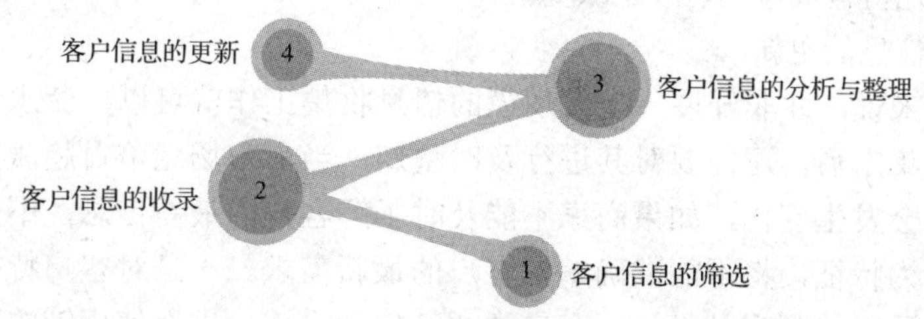

图 1-22　客户信息整理的实施步骤

（1）客户信息的筛选

商家运用多种方法收集到的信息并不能直接使用，而是需要对这些信息进行筛选和分类。这主要是两个方面的原因造成的。

1）商家收集到的信息比较分散，如客户抱怨、投诉之类的信息由售后服务人员掌握着，关于客户的订单价、购买频率和付款时间等信息由售中客服人员掌握着，这些分散于不同部门的信息降低了商家掌握客户信息的完整性。

2）我们不能保证通过多个渠道收集到的信息是完全准确的，很多时候从不同渠道收集到的关于同一个问题的信息可能是完全相反的。

因此，基于以上两个原因，商家需要对自己收集到的信息进行有效的筛选，从中找到最有价值的信息。

（2）客户信息的收录

完成信息的筛选之后，商家需要将这些有价值的信息收录到数据仓库中。在收录信息的过程中，需要做好两点：一是给信息做好编码，便于信息的查找和处理，同时提高数据运算处理的速度；二是要保证信息收录的准确性，既要保证信息来源的可靠性和真实性，又要保证信息收录过程的准确性，即在信息收录的过程中不会发生偏差。

（3）客户信息的分析与整理

只将客户信息收录到数据库中并不能让这些信息充分发挥它们的作用，它们的意义在于让商家更好、更快地对客户信息进行分析，并从中找到对店铺发展有价值的信息。

首先，数据库能帮助商家全面了解自己客户的信息，如了解个人客户的年龄段、消费能力和性别占比等信息，让商家更清楚地知道自己所面临的客户群的特征；其次，数据库还能帮助商家分析客户行为，包括客户整体行为分析及群体行为分析。

整体行为分析，是指对店铺的所有客户的行为规律的分析，但众多客户在行为表现上又可以被划分为不同的群体，这些群体有着各自不同的特征。因此，商家既要对客户整体行为特征有明确了解，又要对不同的客户群体乃至客户个人特征有所了解，这样才能更好地协调商家与客户的关系。

（4）客户信息的更新

对于商家来说，并非开展一次大规模的信息收集工作就可以一劳永逸了。在完成客户信息的收集之后，还需要对其进行及时更新。当前市场竞争日趋激烈，客户的需求和偏好随时会发生变化，如果商家不能及时了解客户的最新信息，不采用最新的数据分析客户行为特征，将不能准确掌握客户的最新需求。一旦对客户特征的把握存在偏颇，将会严重干扰到商品设计、客户沟通策略的设计，进而使店铺的营销无法达到预期效果。

对客户信息进行更新是为了通过这些信息及时了解客户的行为特征发生了哪些变化，因此客户信息的更新要注重及时性。此外，更新客户信息还包括对无用信息的淘汰，避免数据库长期被无用资料占据导致资源的浪费，提高数据库的利用率。

三、客户资料库的建立

创建客户资料库实际就是将搜集到的客户信息进行建档管理，即记录并保存客户的各项信息，并对其进行整理、分析和应用，以维护和加强商家与客户之间的联系，获取竞争优势的重要手段和有效工具。

1. 客户资料库的内容

完备的客户资料库是商家的宝贵财富，它不仅有助于商家做好客户关系管理方面的工作，而且对商家经营决策的制定有着重要影响。

一般来说，客户资料库包括三个方面的内容，如表 1-22 所示。

表 1-22　客户资料库的主要内容

客户资料库的构成	内容
客户原始资料	客户的基础性资料往往是商家获得的关于客户的第一手资料，如客户的个人信息、交易记录等
统计分析资料	商家通过调查分析或向第三方购买等方式获得关于客户的资料，包括客户对店铺的态度和评价及与其他竞争者的交易情况等
店铺投入记录	包括商家与客户进行联系的时间、方式的记录，为客户提供的商品和服务的记录，为争取和保持客户所付出的费用记录等

2．客户资料库的表现形式

客户资料库的表现形式一般有三种，如图 1-23 所示。

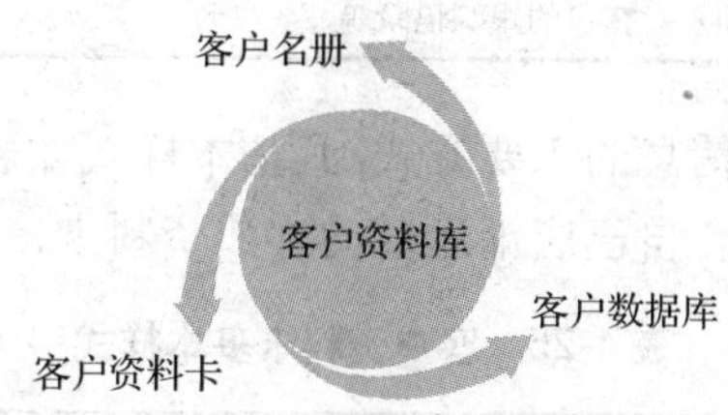

图 1-23　客户资料库的表现形式

（1）客户名册

客户名册是对客户情况的综合记录，由客户登记卡和客户一览表两部分组成。其中，客户登记卡中记录的主要是客户的基本情况；客户一览表是根据客户登记卡中的资料对客户名称、地址等内容进行排序。

根据客户类型的不同，客户名册中所记录的内容也有所不同。个人型客户名册和企业型客户名册包括的内容如表 1-23 所示。

表 1-23　客户名册的主要内容

客户类型	客户名册的主要内容
个人型客户	客户姓名、性别、地址、联系方式等基本信息，家庭情况，教育经历，特殊兴趣，个人生活情况，业务背景资料，其他具有参考性的资料
企业型客户	客户名称、地址、联系方式等基本信息，客户的经营理念和方针，客户的管理能力，客户的信用情况及声誉，客户与本店铺的业务情况，客户与本店铺的关系

客户名册具有操作简单、费用较低、容易使用和保存的优点；缺点是客户信息反映不够全面、缺乏动态性信息。

（2）客户资料卡

通常客户资料卡分为三类，即潜在客户调查卡、现有客户调查卡和流失客户调查卡，如表 1-24 所示。

表 1-24　客户资料卡的类型

客户资料卡类型	内容
潜在客户调查卡	记录潜在客户相关调查信息的资料卡，主要内容包括客户的基础性信息，如姓名、性别、联系方式、客户需求等
现有客户调查卡	用于记录正在与店铺存在交易的客户的资料卡，其内容不仅要包括客户的基础信息，还应该包括客户与店铺的交易情况，如交易时间、交易方式、交易金额等。同时，现有客户调查卡的内容应该随着时间的推移不断地进行补充和更新。如果一个客户停止了与店铺的交易活动，就应该将其转入流失客户中去
流失客户调查卡	记录不再与店铺发生交易行为的客户的资料卡。在流失客户资料卡中应该明确记录客户流失的原因、时间及对客户的跟踪记录等

客户资料卡是记录客户信息的主要方式，其基本样式如表 1-25 所示。在实际操作中，商家可根据实际需要制作适合自己店铺运营的客户资料卡。

表 1-25　客户资料卡基本样式

客户名称	
地址	
联系方式	
购买商品	
购买数量	
订单金额	
购买日期	
付款方式	

（3）客户数据库

数据库是信息的中心储库，是由一条条记录构成的，记载着相互联系的一组信息，多条记录连在一起就是一个基本的数据库。

客户数据库是商家运用数据库技术，全面收集现有客户、潜在客户和目标客户的综合数据资料，追踪并掌握他们的情况、需求和偏好，并且进行深入的统计、分析和数据挖掘，使商家的营销活动更有针对性的一项技术措施。

一般来说，客户数据库的建立步骤如图 1-24 所示。

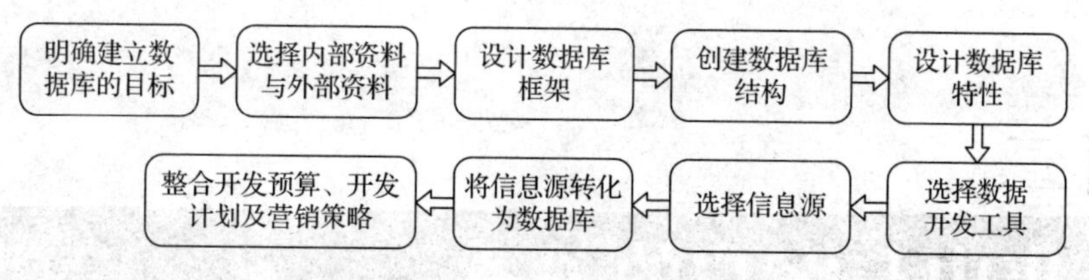

图 1-24　建立客户数据库的步骤

任务实施

第一步：布置任务，组织和引导学生讨论并思考公司猕猴桃销售面向的个人客户和企业客户。

第二步：在设计个人客户和企业客户的信息档案时，注意内容的侧重点有什么不同。

第三步：各小组学生设计完成个人客户和企业客户的信息档案。

第四步：结合学生讨论结果进行总评。

项目二

售中与客户的关系

情景引入

苏小萌转岗到售中服务部门，发现每天遇到的顾客千奇百怪。

“为啥猕猴桃有坏的？怎么包装的？”

“营养那么好吗？来十箱！”

“这么贵，便宜点啦？送点小礼物？”

“包邮吗？啥快递？不要这家，太慢了还不送上楼！”

“什么什么，十斤才包邮？我当饭吃啊！”

“这个味道好吗？和其他品种比起来呢？它有啥优点？维生素组成是什么？对身体有什么好处？心脏病能吃吗？糖尿病能吃吗？……哦，那我想想买不买。”

“长得都没有隔壁的好看……这么丑能吃吗？”

……

唉，小萌都要崩溃了。怎么样才能与客户进行良好的沟通呢？小萌到处请教前辈的经验……

任务一　分析客户数据

学习目标

※ 知识目标

1．理解客户信息分析的必要性。

2．了解数据分析。

3．了解数据分析的一般工具和方法。

4．掌握客户信息分析的内容。

※ 技能目标

1．掌握一种数据分析的工具。

2．掌握常见的数据分析方法。

3．能通过数据分析分辨客户类型。

4．能对客户价值进行判断。

案例描述

2.1 案例

辛辛那提动植物园成立于1873年，是世界上著名的动植物园之一，以其物种保护和保存，以及高成活率繁殖饲养计划享有极高声誉。它占地面积约28.7万平方米，园内有500种动物和3 000多种植物，是美国国内游客人数较多的动植物园之一，被评为最受儿童喜欢的动物园，每年接待游客130多万人。

辛辛那提动植物园是一个非营利性组织，是俄亥俄州同时也是美国国内享受公共补贴最低的动植物园。除去政府补贴，2 600万美元年度预算中，自筹资金部分达三分之二以上。为此，需要不断地寻求增加收入，而要做到这一点，最好办法是为工作人员和游客提供更好的服务，提高游览率，从而实现动植物园与客户和纳税人的双赢。因此，园方提出了以下解决方案。借助于该方案强大的收集和处理能力、互联能力、分析能力及随之带来的洞察力，在部署后，企业实现了各方面的受益。

1）帮助动植物园了解每个客户浏览、使用和消费模式，根据时间和地理分布情况采取相应的措施改善游客体验，同时实现营业收入最大化。

2）根据消费和游览行为对动植物园游客进行细分，针对每一类细分游客开展营销和促销活动，显著提高忠诚度和客户保有量。

3）识别消费支出低的游客，针对他们发送具有战略性的直寄广告，同时通过具有创意性的营销和激励计划奖励忠诚客户。

4）360 度全方位了解客户行为，优化营销决策，实施解决方案后头一年节省 40 000 多美元营销成本，同时强化了可测量的结果。

采用地理分析显示大量未实现预期结果的促销和折扣计划，重新部署资源支持产出率更高的业务活动，动植物园每年节省 100 000 多美元。

通过强化营销提高整体游览率，2011 年至少新增 50 000 人次游览。

提供洞察结果强化运营管理。例如，即将关门前冰激凌销售出现高潮，动植物园决定延长冰激凌摊位营业时间，直到关门为止。这一措施使夏季每天增加 2 000 美元收入。

案例实战

通过对案例的学习，经过小组讨论，同学们分析以下问题，并完成小组讨论报告。

1．辛辛那提动植物园分析了哪些数据？

2．试着还原辛辛那提动植物园的执行方案。

3．讨论进行数据分析的作用是什么。

任务布置

同学们帮助苏小萌分析以下问题。

1．公司的猕猴桃销售应该注意什么问题？

2．我们可以从去年的猕猴桃销售情况中得到什么信息？

3．我们可以为客户提供哪些不同的服务？

任务分析

本任务主要是需要学生对数据分析的情况和知识有一定了解。我们可以对客户的资料进行分析，了解客户的一些情况，如购买力和购买偏好等。这些信息有利于我们在销售时与客户沟通，促使交易的达成。

各学习小组可以独立完成本次信息分析工作。

相关知识

在客户关系管理中，将客户信息进行整理并放入数据库中并不代表所有工作的完成，对客户信息进行整理正是为了以后更好地开展信息分析工作。电子商务客户信息分析是客户关系管理的重要组成内容，也是非常有价值的内容，采用科学、合理的方法对客户信息进行分析，有利于帮助管理者寻找到新的商机，开发潜在市场，更好地满足客户需求，进而提升客户满意度和忠诚度。

一、数据分析

任务 2.1

1. 数据分析简介

数据分析是指用适当的统计分析方法对收集来的大量数据进行分析，提取有用信息和形成结论而对数据加以详细研究和概括总结的过程。这一过程也是质量管理体系的支持过程。在实用中，数据分析可帮助人们做出判断，以便采取适当行动。

数据分析的数学基础在20世纪早期就已确立，但直到计算机的出现才使实际操作成为可能，并使数据分析得以推广。数据分析是数学与计算机科学相结合的产物。

Excel作为常用的分析工具，在商业智能领域Cognos、Style Intelligence、Microstrategy、Brio、BO和Oracle，以及国内产品（如Yonghong Z-Suite BI套件）等，可以实现基本的分析工作。

数据分析有极广泛的应用范围。典型的数据分析可能包含以下三个步骤。

（1）探索性数据分析

当数据刚取得时，可能杂乱无章，看不出规律，通过作图、造表、用各种形式的方程拟合，计算某些特征量等手段探索规律性的可能形式，即往什么方向、用何种方式去寻找和揭示隐含在数据中的规律性。

（2）模型选定分析

在探索性分析的基础上提出一类或几类可能的模型，然后通过进一步的分析从中挑选一定的模型。

（3）推断分析

通常使用数理统计方法对所定模型或估计的可靠程度和精确程度做出推断。

2. 数据分析常用方法

数据分析是从数据中提取有价值信息的过程，过程中需要对数据进行各种处理和归类，只有掌握了正确的数据分类方法和数据处理模式，才能起到事半功倍的效果，

以下是数据分析员必备的九种数据分析思维模式。

（1）分类

分类是一种基本的数据分析方式，根据数据特点，可将数据对象划分为不同的部分和类型，再进一步分析，能够进一步挖掘事物的本质。

（2）回归

回归是一种运用广泛的统计分析方法，可以通过规定因变量和自变量来确定变量之间的因果关系，建立回归模型，并根据实测数据来求解模型的各参数，然后评价回归模型是否能够很好地拟合实测数据。如果能够很好地拟合，则可以根据自变量进行进一步预测。

（3）聚类

聚类是根据数据的内在性质将数据分成一些聚合类，每一聚合类中的元素尽可能具有相同的特性，不同聚合类之间的特性差别尽可能大的一种分类方式，其与分类分析不同，所划分的类是未知的，因此聚类分析也称为无指导或无监督的学习。

数据聚类是对于静态数据进行分析的一门技术，在许多领域受到广泛应用，包括机器学习、数据挖掘、模式识别、图像分析及生物信息。

（4）相似匹配

相似匹配是通过一定的方法来计算两个数据的相似程度，相似程度通常会用一个百分比来衡量。相似匹配算法被用在很多不同的计算场景，如数据清洗、用户输入纠错、推荐统计、剽窃检测系统、自动评分系统、网页搜索和DNA（deoxyribonucleic acid，脱氧核糖核酸）序列匹配等领域。

（5）频繁项集

频繁项集是指事例中频繁出现的项的集合。Apriori算法是一种挖掘关联规则的频繁项集算法，其核心思想是通过候选集生成和情节的向下封闭检测两个阶段来挖掘频繁项集，目前已被广泛应用在商业、网络安全等领域。

（6）统计描述

统计描述是根据数据的特点，用一定的统计指标和指标体系，表明数据所反馈的信息，是对数据进行分析的基础处理工作，主要方法包括平均指标和变异指标的计算、资料分布形态的图形表现等。

（7）链接预测

链接预测是一种预测数据之间本应存有的关系的方法，可分为基于节点属性的预测和基于网络结构的预测。基于节点属性的预测包括分析节点自身的属性和节点之间属性的关系等信息，利用节点信息知识集和节点相似度等方法得到节点之间隐藏的关系。与基于节点属性的预测相比，网络结构数据更容易获得。复杂网络领域一个主要的观点表明，网络中的个体的特质没有个体间的关系重要。因此，基于网络结构的预测受到越来越多的关注。

（8）数据压缩

数据压缩是指在不丢失有用信息的前提下，缩减数据量以减少存储空间，提高其传输、存储和处理效率，或按照一定的算法对数据进行重新组织，减少数据的冗余和存储的空间的一种技术方法。数据压缩分为有损压缩和无损压缩。

（9）因果分析

因果分析法是利用事物发展变化的因果关系来进行预测的方法。运用因果分析法进行市场预测时，主要是采用回归分析方法。除此之外，计算经济模型和投入产出分析等方法也较为常用。

二、开展客户信息分析的必要性

对客户信息进行分析的必要性主要表现在以下几个方面。

1. 精准把握客户需求

要想精准地把握客户需求，就需要对客户有更深层的认知，对客户进行细分，理解不同客户群的特点，即进行市场细分。因此，商家需要运用数据挖掘等技术对收集到的客户信息进行反复的提炼和剖析，从中找到与客户需求有关的更有价值的信息，并充分加以利用，为做出正确的经营决策提供支持。

2. 挖掘潜在市场

通过对客户信息进行整理和分析，商家能够挖掘潜在市场，得出能指导店铺运营的有价值的结论。通过分析客户的性别、年龄、收入水平等静态数据及客户的消费行为信息、购买商品的方式、历史消费记录、流失或转到竞争对手的记录等动态信息，商家可以了解该客户是否具有购买需求，预测客户的购买时间和数量，以及消费档次等信息，并为该客户制定专属的营销策略。

3. 完善售后服务

对售后服务满意度进行调查和回访，及时、有效地更新和完善客户信息，有利于提高客户服务水平，构建更高效、更完善的客户服务平台。

三、客户信息分析的内容

客户关系管理中的客户信息分析包括客户商业行为分析、客户特征分析、客户忠诚分析、客户价值分析及客户基本信息分析等内容。

1．客户商业行为分析

客户商业行为分析是指通过对客户的资金分布情况、流量情况、历史交易记录等方面的数据来分析客户综合利用情况，主要包括四个方面，如表 2-1 所示。

表 2-1　客户商业行为分析的主要内容

商业行为分析的内容	作用
商品分布情况	分析客户在不同地区、不同时段所购买的不同类型的商品数量，通过这些分析结果可以获取当前营销系统的状态、各个地区的市场状况及客户的运转情况
客户保持力分析	通过对客户交易数据的详细分析，商家能够从中找出希望继续与之保持关系的客户，并将这些客户名单发布到各个部门，以确保这些客户能够享受到最好的服务和优惠。细分客户的标准可以是单位时间交易次数、交易金额和交易周期等指标
客户损失率分析	通过对客户的交易数据进行分析来判断客户是否准备与本店铺结束商业关系，或正在转向另外一个竞争者。对客户损失率进行分析的目的在于对已经被识别与本店铺结束了交易的客户进行评价，寻找他们结束交易的原因
升级 / 交叉销售分析	对即将结束交易的客户、有良好交易信用的客户或有其他需求的客户进行分类，便于商家识别不同的目标对象

2．客户特征分析

通过整理并分析客户信息，商家可以了解客户的消费特征，进而针对不同消费行为表现的客户制定个性化的沟通和营销策略。

（1）客户消费心理分析

客户根据自己的需求去店铺购物，在这一过程中客户心理上产生的不同想法会驱使他们做出不同的决定。它可以决定成交的商品数量甚至交易的成败。因此，商家需要对客户的消费心理进行分析，进而制定针对性的营销策略。通常来说，网络购物中客户的消费心理有以下几种表现，如表 2-2 所示。

表 2-2　客户消费心理特征及营销策略

消费心理	特征	营销策略
求实心理	这是客户在购物时普遍存在的心理动机，他们要求商品必须具备实际使用价值，商品的质量、性能、价格等是他们尤其看重的	商家在商品描述中要突出商品实惠、耐用等字眼，可以列举一些客户使用过的例子，以打消客户的疑虑
求名心理	客户就是想要彰显自己的地位和威望。他们注重商品的品牌，讲名牌、用名牌。尤其是现代社会中，受名牌效应的影响，人们在吃穿住上都追求名牌，不仅提高了生活质量，更体现了社会地位	客户消费的主要目的是显示和炫耀，也是对名牌的一种信任，因此商家在商品描述、价格上要突出自己商品的名牌与高贵
求新心理	有些客户喜欢追求商品超时新颖的愉悦感，他们购物时重视时髦和奇特	商家对商品的介绍要突出时髦、奇特等特点，商品图片要鲜艳

（2）客户消费行为分析

不同的客户信息透露出来的客户消费特性和购物习惯各不相同，因此借助客户信息分析，准确把握客户的消费行为表现，并掌握应对方法，可以让销售工作事半功倍。

1）理智型客户。这类客户受教育的程度往往较高，做事有较强的原则性和规律性，因此他们购物时也比较理智，原则性强、购买速度快、确认付款快。他们通常会对要购买的东西进行认真的研究，并在多家店铺进行对比，逐一对比最适合自己的是哪一种，然后才会选择购买。

一般来说，他们最看重的是自己是否需要这件商品及商品自身的优缺点。他们对商家也会非常负责，会及时付款，确认收货并给出评价。

面对这种类型的客户，客服要保持理性，给予他想要的东西，尽最大努力满足他的需求。通常这样的客户在购买前已经在心中做出了定论，商家要做的是利用自己的专业知识，为客户分析商品的优势与劣势，帮助他们下定决心购买。如果强行向他们推销宣传，只会引起客户的反感，而且如果不能以专业的态度介绍商品，他们会认为该卖家缺乏足够的专业知识，进而对卖家产生怀疑。

2）谨小慎微型客户。与线下交易相比，网络购物的确会让人存在一种不安全感，这类客户又比较谨慎，在挑选商品时考虑得比较多，会进行多方对比，还可能会因为犹豫不决，担心购买后上当而放弃购买。

面对这样的客户，商家就需要用热情、真诚的态度打动他们，寻找与客户之间的共同点，缓解客户的紧张情绪，让客户把我们当作朋友，中肯地向客户介绍自己的商品，注意千万不要夸大其词，否则会适得其反；另外，也可以通过一些有力的证据向买家证明自己的实力。

3）冲动型客户。这种类型的客户购物比较感性，购物时凭借的是一种无计划、瞬间产生的购买欲望。因此他们常常会购买一些对自己来说毫无用处的商品。他们购物以直观感受为主，喜欢追求一些新产品、新服务项目。这样的客户如果接触到一件合适的商品就会做出购买决定，不会反复对比再选择。

由于此类客户在选购商品时，容易受到商品外观质量和广告宣传的影响，因此做好商品描述和店铺装修就非常重要。人的信息量 80% 来源于视觉，即便不是冲动型的客户也喜欢逛漂亮的店铺。

4）感情型客户。忠诚是这类客户最大的特点，他们非常看重个人感情。在与商家交流的过程中，这种客户非常友善、热情，对店主价值观的认同是影响他们购物的最直接因素。同时，在交易的过程中，他们会积极地与卖家进行沟通。这类客户比较稳定，一旦和商家建立起感情，就会成为最忠实的客户。因此，商家要注意打造符合店铺自身特点的品牌文化和情感氛围，增加客户与店铺的情感交流。商家要常常与这些客户进行感情沟通，如发货时赠送小礼物，或者在特殊的日子送上祝福，这样就会大大增加客户对店铺的情感支持。

5）习惯型客户。这种类型的客户每次购物时往往是什么都不会问就会下单购买，一般是店铺的老客户。他们在第一次选择后，往往出于方便，凭借以往的习惯和经验购买，这种购买不容易受他人影响，而且一般很少和商家沟通，交易的过程十分迅速。

对于这类客户，商家们必须保持自己店铺产品的特性、品质及良好的服务，还要经常了解客户购买和使用产品的情况。

6）舆论型客户。这类客户有一个鲜明的特点：愿意揣度别人的想法。他们看重的不仅是商品本身，还关心有多少人购买了这个商品，关心别人对这个商品的评价，他们的购买行为经常受他人意见的左右。

既然外部环境的刺激会直接影响到这类客户的购买决定，那么客服在与他们沟通时就要用积极的态度向他们做出正面的暗示，不仅向他们介绍商品的功能、外界的广告宣传，还可以把商品销售成功的客户的好评展示出来。

7）随意型客户。这种类型的客户没有足够的购物经验，缺乏主见，往往是随意购买。对于这一类的客户我们要做的是为他们提供专业的意见，帮助他们做决定。当他们咨询客服人员时，客服人员能否为他们提供中肯且有效的建议是他们决定是否购物的重要因素。当这种客户无法拿定主意时，客服人员可以根据情况帮助他们下定决心，这样既能节省双方的时间，又能增强客户对店铺的信任。

8）贪婪型客户。这种类型的客户喜欢砍价，而且价钱会砍得非常狠，对商品非常挑剔，稍有不满意的地方就以差评要挟商家赔偿。这样的客户为了砍价往往会先对商品质量提出疑问，然后会质疑商品的价格，会说别的店铺价格更加便宜，为什么你的店铺卖得贵，最后就会讲价。收到商品后，如果商品有一点儿小瑕疵，又会找借口让商家退款或要求补偿等。

应对这类的客户要慎重，如果没有绝对自信的质量和店铺信用，建议不要接受交易。因为时间和人力都是成本，一味地满足他们的要求，店铺所耗费的精力要远远大于收益。如果一定要接受交易，也要注意保留聊天记录、图片、发货记录等证据。一旦发生纠纷，凭证可以帮助自己证明。

9）VIP型客户。这类的客户通常非常自信，认为自己最重要，自己既然来店铺消费，那么自己就是“上帝”。在购物时，一旦他们感觉自己受到了轻视，就会产生非常强烈的抵触心理。

对于这样的客户，要尽量顺从他们的意见，当他们表达自己的看法时，客服人员一定要沉住气，让其畅所欲言，并对他们的意见表示赞同，鼓励他们继续表达看法，让其产生心理的满足感，那么此时也是客服人员最佳的推销时机。

3．客户忠诚分析

客户忠诚是基于客户对商家的信任度、来往频率、服务效果、满意程度及继续接受同一商家服务可能性的综合评估值，客户忠诚度可以根据具体的指标进行量化。留住老客户要比寻求新客户更加经济，保持商家与客户之间的不断沟通、长期联系，维持和增强客户的感情纽带，是商家保持竞争优势的一种有效手段。

4．客户价值分析

客户价值分析是指通过分析商家对客户的投入成本及从客户身上获得的收益，可以判断出哪些客户能为自己带来利润，是真正有价值的客户。

5．客户基本信息分析

（1）客户特性“6C”分析

客户特性“6C”分析是商业银行传统的信用风险度量方法。

“6C”是指把客户（或客户企业）的一些共性进行描述，来作为客户识别的条件。它包括对品德（character）、能力（capacity）、资本（capital）、抵押物品（collateral）、经济状况（condition）、连续性（continuity）进行分析，具体内容如下。

1）品德。它是指客户的信誉度，即履行偿债义务的可能性。客户是否愿意尽最大努力来按照承诺付清货款，直接影响到应收账款的回收速度、额度和收账成本。客户品德包括客户承诺如期履行责任的态度及以往的诚实、正直、公平等素质特征和行为。道德因素是信用评估中很重要的问题，西方企业的信用报告一般提供顾客过去在这方面的背景材料，也可从银行、供应商、中介机构甚至企业竞争者那里获取客户品德方面的资料，使对客户的评判更为可靠。

2）能力。能力是指客户的支付能力，即在信用期满后偿还债务的能力。评判客户支付能力的方法主要是分析客户的财务资料，包括收益表和财务状况表。企业应及时了解客户的流动资产状况及其变现能力，即其流动资产的数量和质量，以及与流动负债的比例。客户的流动资产越多，支付能力就越强。同时，还应注意客户流动资产的质量，看是否存在因存货过多而使流动资产质量下降及影响其变现能力和支付能力的其他情况。

3）资本。它是指客户的财务状况，表明客户可能偿还债务的背景。企业应对客户信用进行调查，对其财务状况进行分析、研究，以确定对其尚可使用的信用额度；资本状况可以通过企业的财务报告和有关比率分析得出。对于重点客户还可以进行深层次的调查、分析，取得包括资产历史遗留问题等情况在内的资产状况。

4）抵押物品。欠款的抵押物品可由客户的多种资产组成，包括动产和不动产，企业应特别关注抵押物品的适销性。当客户的主要现金流量不足以偿还其债务时，抵押物品就成为偿还欠款的第二资金来源，这相当于给企业提供了一种保护，相应地减少了企业承担的客户信用风险。

5）经济状况。经济状况主要是指客户运营环境，包括微观和宏观环境。企业不但要根据客户的经营特点、经营方法及技术水平等因素来判断客户微观运营的状况，而且还要根据社会环境、经济周期、国民收入等因素来分析客户的宏观运营环境，因为微观和宏观经济的波动都有可能会影响客户债务的按期归还。因此，企业必须对上述变动因素（尤其是客户最新的行业变动趋势和经济周期）进行预测。

6）连续性。连续性主要是审查客户的持续经营前景。在当今科技迅猛发展、产品更新换代周期越来越短、市场竞争日趋激烈，以及劳资关系等非客户所能把握的形势下，客户如何适应变化的形势并迅速做出调整，是其生存并发展下去的前提条件。否则，客户的事业就不具有连续发展的后劲，企业的欠款风险也随之增加，企业的长期合作目的也难以实现。因此，连续性也就成为客户特性分析的因素之一。

（2）客户交易状况分析

除了要分析客户的基本特性“6C”之外，还应对客户的交易状况进行分析，分析过程可参考表 2-3 和表 2-4。

表 2-3　客户统计表

年度　　　　编制者　　　　编制日期

产品	城市	客户数	销售额	比率 /%	平均年销售额	前三名客户名称及销售额					
						客户名	销售额	客户名	销售额	客户名	销售额

表 2-4　与公司的交易记录

年度	订购日期	出货日期	批号	产品名称	数量	金额	备注

任务实施

第一步：布置任务，组织和引导学生讨论并思考如何分析客户信息。

第二步：仔细分析以下各个表格的数据，我们能从中得出什么结论？

第三步：结合学生讨论结果进行总评。

分析数据展示如下。

1. A 公司的注册会员发展轨迹

A 公司的注册会员发展轨迹如表 2-5 所示。

表 2-5　A 公司 2014 ~ 2019 年注册会员发展轨迹

年度	年度注册 / 万人	每日注册 / 万人	注册占比 /%	累计占比 /%
2014	7 792	21	2.22	2.22
2015	27 835	76	7.92	10.14
2016	39 738	109	11.31	21.45
2017	72 332	198	20.59	42.04
2018	98 316	269	27.99	70.03
2019	105 299	288	29.97	100.00
总计	351 312	—	100.00	—

2．A 公司的年度交易量发展变化

A 公司的年度交易量发展变化如表 2-6 所示。

表 2-6　A 公司的年度交易量发展变化

年度	每日交易额 / 万元	年度交易额 / 亿元	每日订单量 / 单	平均每单金额 / 元
2014	3.13	0.114	54	583
2015	7.31	0.267	118	620
2016	11.02	0.402	172	640
2017	15.66	0.572	240	652
2018	31.34	1.144	462	679
2019	41.83	1.527	614	681
总计	—	4.026	—	—

3．注册用户的购买情况

注册用户的购买情况如表 2-7 所示。

表 2-7　注册用户的购买情况

购买次数 / 人	人数 / 人	百分比 /%	人均贡献 / 元	总计贡献金额 / 亿元	累计贡献 /%
0	185 773	52.88	0	0.000	0.00
1	71 859	20.45	548.49	0.394	100.00
2	28 060	8.00	1 094.03	0.307	90.21
3	15 496	4.41	1 584.46	0.246	82.58

续表

购买次数 / 人	人数 / 人	百分比 /%	人均贡献 / 元	总计贡献金额 / 亿元	累计贡献 /%
4	10 304	2.93	1 990.09	0.205	76.48
5	7 425	2.11	2 551.32	0.189	71.39
6	5 273	1.50	3 235.61	0.171	66.69
7	4 520	1.29	3 655.12	0.165	62.45
8	3 255	0.93	4 318.95	0.141	58.34
9	2 717	0.77	4 597.85	0.125	54.85
10	2 152	0.61	5 182.04	0.112	51.75
10 以上	14 474	4.12	13 622.08	1.972	48.98
总计	351 308	100	—	4.027	—

4. 注册后用户首次购买的时间

注册后用户首次购买的时间如表 2-8 所示。

表 2-8 注册后用户首次购买的时间

注册后首次购买的时间	人数 / 人	占比 /%
注册后 1 个月以内购买的	135 377	81.78
注册后 2 个月以内购买的	140 177	84.68
注册后 3 个月以内购买的	142 892	86.32
注册后 4 个月以内购买的	145 177	87.70
注册后 5 个月以内购买的	147 097	88.86
注册后 6 个月以内购买的	148 752	89.86
注册后 7 个月以内购买的	150 408	90.86
注册后 8 个月以内购买的	151 351	91.43
注册后 9 个月以内购买的	152 262	91.98
注册后 10 个月以内购买的	153 139	92.51

5. 顾客的购物频率

顾客的购物频率如表 2-9 所示。

表 2-9　顾客的购物频率

购物频率	人数 / 人	百分比 /%	累计百分比 /%
0～1 个月购物 1 次	17 977	19.19	19.19
1～2 个月购物 1 次	18 183	19.41	38.60
2～3 个月购物 1 次	15 476	16.52	55.12
3～4 个月购物 1 次	10 988	11.73	66.85
4～5 个月购物 1 次	8 000	8.54	75.39
5～6 个月购物 1 次	5 658	6.04	81.43
6～7 个月购物 1 次	4 244	4.53	85.96
7～8 个月购物 1 次	3 035	3.24	89.20
8～9 个月购物 1 次	2 145	2.29	91.49
9～10 个月购物 1 次	1 705	1.82	93.31
10 个月以上购物 1 次	6 267	6.69	100.00
总计	93 678	100	—

6．新老用户交替的科学计算矩阵

新老用户交替的科学计算矩阵如表 2-10 所示。

表 2-10　新老用户交替的科学计算矩阵

	2002 年	2003 年	2004 年	2005 年	2006 年	2007 年	总计
2014 年注册	21.49%	8.16%	6.44%	8.85%	16.90%	38.16%	100.00%
2015 年注册		28.08%	8.47%	9.63%	14.88%	38.94%	100.01%
2016 年注册			27.04%	10.90%	17.99%	44.08%	100.00%
2017 年注册				35.00%	21.59%	43.41%	100.00%
2018 年注册					55.27%	44.73%	100.00%
2019 年注册						100.00%	

任务二 使用多种沟通方法

学习目标

※ 知识目标

1. 了解客户的沟通风格。
2. 做好与客户沟通前的准备。
3. 选择合适的沟通方式。

※ 技能目标

能顺利与客户进行有效的沟通。

案例描述

三个商贩的推销

2.2 案例

一个老太太去市场买菜，买完菜路过卖水果的摊位，看到有两个摊位上都在卖苹果，就走到一个商贩面前问道："苹果怎么样啊"？商贩回答说："你看我的苹果个不但大而且还保证很甜，特别好吃。"

老太太摇了摇头，向第二个摊位走去，又向这个商贩问道："你的苹果怎么样？"第二个商贩答："我这里有两种苹果，请问您要什么样的苹果啊？""我要买酸一点儿的。"老太太说。

"我这边的这些苹果又大又酸，咬一口就能酸得流口水，请问您要多少斤？""来一斤吧。"老太太买完苹果又继续在市场中逛，好像还要再买一些东西。这时她又看到一个商贩的摊位上有苹果，又大又圆，非常抢眼，便问水果摊后的商贩："你的苹果怎么样？"

这个商贩说："我的苹果当然好了，请问您想要什么样的苹果啊？"老太太说："我想要酸一点儿的。"

商贩说："一般人买苹果都想要又大又甜的，您为什么会想要酸的呢？"老太太说："我儿媳妇怀孕了，想要吃酸苹果。"

商贩说："老太太您对儿媳妇可是真体贴啊，您儿媳妇将来一定能给你生个大胖孙子。您要多少？"

“我再来二斤吧。”老太太被商贩说得高兴得合不拢嘴了，便又买了二斤苹果。商贩一边称苹果，一边向老太太介绍其他水果：“橘子不但酸而且还有多种维生素，特别有营养，尤其适合孕妇。您要给您儿媳妇买点橘子，她一准儿很高兴。”“是吗？好，那我就再来二斤橘子吧。”

“您人真好，您儿媳妇摊上了您这样的婆婆，真是有福气。”商贩开始给老太太称橘子，嘴里也不闲着，“我每天都在这摆摊，水果都是当天从水果批发市场批发回来的，保证新鲜，您儿媳妇要是吃好了，您再来。”

“行。”老太太被商贩夸得高兴，提了水果，一边付账一边应承着。

案例实战

通过对案例的学习，经过小组讨论，同学们分析以下问题，并完成小组讨论报告。

1．老太太是哪种类型的客户？此类客户有什么特征？

2．商贩是怎么样与老太太沟通的？

3．从这个案例中，我们可以得到关于客户沟通的什么启示？

任务布置

同学们帮助苏小萌分析以下问题。

1．公司的猕猴桃销售面向的客户有哪些类型？

2．我们应该用什么方式去和客户沟通？

任务分析

本任务需要学生对客户类型有一定了解。设计沟通客户需求的实施方案，首先需要确定所要采取的客户沟通方式，这就需要我们了解与客户沟通的常用方式；其次，需要掌握各种沟通方式的实施环节，进行沟通环节设计。

各学习小组可以独立完成本次分析和设计。

相关知识

随着客户竞争越来越激烈，企业越来越注意到满足客户需求是赢得客户的关键。如何让客户满意呢？必须先了解客户需求。那该如何了解客户需求呢？很显然需要和客户进行有效的沟通才能获知。要达到有效的沟通，必须事先做好充分的准备。所以，沟通前的准备工作直接影响沟通的成败。客户对于服务的感知，在很大程度上取决于他与企业直接或间接相遇的每一个“真实时刻”或“接触点”。不同的客户，其需求是不一样的。因此，我们应关注他们的不同需求，并为他们提供良好的个性化服务。

一、了解客户的沟通风格

沟通不仅是一种技术，更是一门艺术。了解客户的沟通风格，可以帮助我们迅速调整自己的行为，选择合适的沟通方式，以客户乐于接受的方式进一步建立友好关系，挖掘信息，从而提供更加适应客户需求的服务。但是，每位客户都有其独特的个性特点，服务人员要避免给客户“贴标签”，将其归入特定的类型，要认识到在基本类型之上的一些独特个性。

任务 2.2（1）

1．沟通风格的类型

不同的人应有不同的沟通方式和风格，对沟通风格进行分类的方法很多。下面从客户的果断性和情感性这两个维度对沟通风格进行分类：①果断性指做事是否干脆利落；②情感性指是否关心他人情绪。上述两个要素组合在一起，便形成了四种不同的沟通风格类型，即驾驭型（driver）、表现型（expressive）、平易型（amiable）和分析型（analytical）。

不同类型的沟通风格有不同的沟通特征。

（1）驾驭型

具有驾驭型沟通风格的人比较注重实效，具有非常明确的目标与个人愿望，并且不达目标誓不罢休。他们当机立断，独立而坦率，常常会根据情境的变化而改变自己的决定，往往以事为中心，要求沟通对象具有一定的专业水准和深度；在与人沟通中，他们精力旺盛，节奏迅速，说话直截了当，动作非常有力，表情严肃，但是有时过于直率而显得咄咄逼人，如果一味关注自我观点，可能会忽略他人的情感。

与驾驭型的人进行沟通，首先要刺探其想法，提供各种备选方案，若决定不合适，可以提供其他方案，投其所好，趁其不备，提出新点子。若直接反驳或使用结论性的语言，这样的沟通注定是低效甚至是无效的。

（2）表现型

具有表现型沟通风格的人显得外向、热情，生气勃勃，魅力四射，喜欢在沟通过程中扮演主角；他们干劲十足，不断进取，总喜好与人打交道并愿意与人合作；具有丰富的想象力，对未来充满憧憬与幻想，也会将自己的热情感染给他人。他们富有情趣，面部表情丰富，动作多、节奏快、幅度大，善用肢体语言传情达意，但是往往情绪波动大，易陷入情感的旋涡。

与表现型的人沟通时，首先应该成为一个好观众或好听众，少说多听，热情反馈，支持与肯定，加之适度引导。切忌将自己的观点强加给他或打断、插话，或冷漠、无动于衷，这都会影响与这种类型的人的有效沟通。

（3）平易型

平易型的人具有协作精神，支持他人，喜欢与人合作并常常助人为乐；他们富有同情心，擅长外交，对人真诚，珍视已拥有的东西。这种类型的人做事非常有耐心，肢体语言比较少，面部表情单纯，对于敏感的问题，往往会采取回避的态度。

与平易型的人沟通，应该了解其内心的真实观点，多谈点主题内容，多提封闭式问题并以自己的观点适度影响他。与其沟通应尽可能少提开放式问题，不要过多增加自己的主观意识，压力过大，回避或退却，同时要避免跟着此人的思路走，因为这种人不愿对一些棘手的事做出决策。

（4）分析型

具有分析型沟通风格的人擅长推理，一丝不苟，具有完美主义倾向，严于律己，对人挑剔，做事按部就班，严谨且循序渐进，对数据与情报的要求特别高；他们不愿抛头露面，与其与人合作，不如单枪匹马一个人单干，因而他们往往在沟通过程中沉默寡言，不大表露自我情感，动作小，节奏慢，面部表情单一。

与分析型的人沟通时，必须以专业水准与其交流，因而必须表达准确且内容突出：资料齐全，逻辑性强，最好以数字或数据说明问题，以自己的专业性去帮助其做出决定。切忌流于外表的轻浮与浅薄，避免空谈或任其偏离沟通的方向与目的。

2．适应各种客户的沟通风格

世界上没有两片完全相同的树叶。由于人们的个性、文化背景、工作经历、社会地位、所处环境的不同，导致了人们不同的个性与沟通风格。为了提高销售业绩，销售人员不仅需要识别自己的沟通风格，而且必须懂得如何与各种不同风格的客户打交道。

（1）驾驭型风格的销售人员与不同类型的客户沟通

1）驾驭型。具有驾驭型风格的客户往往认为驾驭型销售人员效率高，独立并且决策迅速，但办事匆匆忙忙，盛气凌人，有时会显得固执、难相处甚至有点冷漠。为了与这类客户有效沟通并实现销售目标，需要事先与其确定沟通方案为其提供心理空间与自由。

2）表现型。具有表现型风格的客户往往也追求成就感，具有独立性与决策力，他们认为驾驭型销售人员有些冷漠，缺乏情趣还爱评判他人。为了与表现型的顾客有效

沟通，需要导入情感，放宽时间限制，给予客户考虑的时间，给予对方激励与机会，尤其让对方有充分表现自我才能的机会。

3）平易型。具有平易型风格的客户往往认为驾驭型销售人员办事效率高，遵守时间，但是缺乏情感，有时难相处并显示出不耐烦。为了与平易型的顾客有效沟通，需要显示出对他们及其家人的关心，尤其加强对他们个人的关注，适度放慢交易的速度，为他们实现目标提出具体而实在的建议与支持。

4）分析型。具有分析型风格的顾客办事讲究逻辑与数据，以任务为导向。与这种类型的顾客沟通，切忌性急或者显示出优越感、竞争性与过度冒险。为了提高沟通效率，要给他们详细的数据与事实，尤其需要有书面资料，提供时间与空间让分析型的顾客对各种资料做出独立的评估，但是可以协助他们设定最后期限并适度帮助他们做出决策。

（2）表现型风格的销售人员与不同类型的客户沟通

1）驾驭型。驾驭型的客户在有些方面与表现型的销售人员类似，如外向、富有想象力和竞争性。与他们沟通，销售人员要切忌让人感觉自己容易情绪化、流于外表或者肤浅，因而你需要用实在的结果支持你的热情，展示你的真才实学，准时并且显示出专业化，尽可能地让驾驭型的客户做出选择。

2）表现型。表现型的客户具有与销售人员相同的风格，他们认为对方外向、热情、有见解、能说会道，具有较强的进取心，但是容易情绪化，若过于讲究说话技巧反而显得有些虚伪。与表现型的客户沟通，需要在这种交往过程中导入程序与规范，若只是轻松交往可能会一事无成。注意有效沟通只是手段而非目的，销售人员的终极目标是提高销售业绩。

3）平易型。平易型的客户具有温馨、热情，富有魅力的特点，而表现型销售人员往往具有外向与冲动等特征，为了与平易型的顾客有效沟通，销售人员需要适度放慢沟通节奏，降低音量与音调，多花时间与这些顾客建立良好的人际关系。需要注意的是在同一时间，仔细做一件事，鼓励平易型客户多提建议并参与群体活动。

4）分析型。分析型的客户富有想象力与自我意识等特征，他们可能对销售人员的说到做到与全程跟踪的能力产生异议或疑问，认为表现型的人说话大声，显得浮夸与情绪化。与分析型的顾客相处，销售人员需要注重事实与细节，而不是煽情与激情，可以利用权威的力量与专业化的数据来支持自己的观点与论据，对待他们的决定需要适度的耐心。

（3）平易型风格的销售人员与不同类型的客户沟通

1）驾驭型。驾驭型风格的客户认为平易型销售人员以团队为导向，擅长支持与帮助他人，做事谨慎、敏感，但是缺乏进取心，缺少创意思维，思路狭窄，强调细节。与驾驭型风格的客户交往，销售人员需要导入商业意识，与其交往只是为了达成交易，并非仅仅建立友好关系或者成为朋友（至少在开始阶段）。倾听顾客的需求，制订严格的工作计划与日程表，提供事实性结论，然后让他们根据自己提供的建议做出决策。

2）表现型。表现型客户认为平易型销售人员具有友善与敏感、支持与助人等特征，但是对其过于谨慎的工作作风与缺乏竞争的态度不太认可。为了提高与表现型顾客的良好沟通，销售人员需要积极进取，提出自己的独特见解，当然可以寻找外援——权威的支持，同时公开认可并赞赏他们的成就与进取精神。

3）平易型。平易型的客户与平易型销售人员一样具有安静、友好、谦让、助人、敏感且开放的特征，但有时显得有些害羞与犹豫不决，生怕伤害他人而过于谨慎。与平易型的客户交往，需要坚定与坚持，有时甚至以命令的方式（可以软硬兼施），促进平易型的客户做出决定。尽管这种方式不太令人愉快，但是总比一事无成、劳而无获要好。

4）分析型。分析型的客户往往谨小慎微，安静并喜欢独处，逻辑性强，但是过于按部就班，显得拘谨保守，故步自封。为了与分析型的顾客更好地合作，需要适度冷静，不要太情绪化，讲究数据与事实，而不能仅仅依靠情感来维系顾客关系（因为这一招对分析型的客户而言往往会失灵），通过职业化的技术水平与自信心，赢得对方对自己的尊重。

（4）分析型风格的销售人员与不同顾客沟通

1）驾驭型。驾驭型的客户往往认为分析型销售人员讲究逻辑与准确性，做事喜欢按部就班，知识丰富，但是缺乏想象力与决策力，他们往往对其缺乏冒险精神而显得不屑一顾。为了与驾驭型的客户更好地交往，销售人员需要将各种事实用不同的方式表达出来，无论是产品展示还是做技术简报，一定要简洁明了并让他们做出决策。

2）表现型。表现型的客户往往外向，注重情感而非事实，讲究观点而非数据，他们往往认为分析型销售人员对事实与数据过于吹毛求疵，缺乏人情味，对他人的情感无动于衷而显得过于冷漠。为了拉近与这些顾客的距离，要尝试与他们“共度好时光”，利用非正式的交流与场所，坦诚相见，满足他们认同与交友的需要，从而达成交易。

3）平易型。平易型的客户具有合作精神，表达准确，做事耐心，有时显得保守。他们可能认为分析型销售人员缺少温馨与密切的人际关系，过分依赖数据与事实。为了与平易型的客户建立良好的顾客关系，销售人员需要表示出对他们的兴趣，利用自己的推理与数据分析特长，帮助平易型客户得到更多的预算与资金并实现其目标。

4）分析型。分析型的客户与分析型销售人员具有相同的特点，如擅长思考，喜欢独立，追求事实与数据，做事严格而精确，安静，同样显得保守与刻板，甚至为了一个数据而迟迟不肯做出决策。为了与分析型的客户有效沟通，需要让对方知道设立最后期限的重要性，更要让对方懂得“该出手时就出手”，否则往往会由于过于追求完美而错失良机。

在日常生活中，人们习惯于使用某种沟通方式，并用这种方式与人交往，若具有不同沟通风格的人在一起工作，而彼此不能协调与适应的话，那么彼此不仅不能有效沟通，还会造成无谓的冲突，妨碍工作的顺利进行。

其实，沟通风格匹配的前提是沟通双方彼此必须顺应对方的风格，其关键问题是寻找双方的利益相关的热点效应。为了顺应对方的沟通风格，销售人员首先必须调整自己的沟通风格。但是，必须指出的是：调整风格，既不是违心顺从，也不是玩弄他人。调整沟通风格的基本原则是：需要改善的不是他人，而是自己。

在以客户为导向的营销理念指导下，销售人员在关系销售中需要调整自己的沟通风格。调整沟通风格的基本原则与技巧如下。

1）感同身受。站在对方的立场来考虑问题，具有同理心，将心比心地换位思考，同时不断降低习惯性防卫的程度。

2）高瞻远瞩。具有前瞻性与创造性，为了加强沟通的有效性，必须不断学习与持续进步。

3）随机应变。根据不同的沟通情境与沟通对象，采取不同对策，正可谓“该出手时就出手”。

4）自我超越。对自我沟通风格及行为有清楚的认知，不断反思、评估、调整并超越自我。

二、了解常见的沟通技巧

1．个性化的沟通技巧

在人际沟通与交往中，人与人之间所传递与交流的信息只有很少一部分是以语言为传递媒介，绝大部分信息是通过非语言媒介传递的。但是，人们不难发现，非语言行为很难独立担当起信息传递与人际沟通的职责，它们往往起着配合、辅助和强化语言的作用。但是，脱离了非语言的配合，仅仅依靠语言媒介的信息传播，难免使人感到词不达意或言过其实，僵硬呆板，缺乏一种幽默、生动或真情流露的情景。所以，可以说语言与非语言两者相互配合、相互渗透，共同担当信息传递和人际沟通的职责。

（1）语言沟通

语言沟通是人们借助于口头语言和说明文字所进行的信息交流。口头语言沟通包括交谈、报告、演讲、谈判、电话联络，这种形式灵活生动、反馈迅速；书面文字沟通包括通知、报告、文件、备忘录、会谈纪要、协议等，这种形式具有权威性，能够保证信息交流的准确性和保存的长期性。在语言沟通尤其在口语沟通中，销售人员要注意倾听与应答并积极交流。

1）倾听与应答。一般来说，销售沟通不会无缘无故地发生，大多数是由以下几种情况造成的：对方的交谈表明问题是由你引起的，对方希望得到你的帮助，把你当作倾诉的对象，即所谓“好事与人分享，忧愁与人分担”。

当客户提出问题时，最好（至少在开始阶段）去倾听而不要去指导，去理解而不要去影响，去顺应而不要去控制。大部分人包括销售人员是无效的倾听者。造成这种现象的主要原因是心理定式，即倾听是被动的，若想说服他人，销售人员必须尽力说或者演讲。事实上，在关系销售中，若要与客户建立良好的关系，销售人员首先应该学会倾听客户，了解并理解客户的需要与需求并传递这样一种信息：我并不总是赞同你的观点，但是尊重你表达自己观点的权利，即先迎合，再引导。一旦与客户建立了良好的人际关系，再尝试着去引导并指导客户。

2）有效倾听的过程。作为一个销售人员应该经常主动邀请客户进行交流沟通，在集中精力接收信息的前提下做及时反馈和应答，包括表现时听讲的身体语言，发出一些表示注意听讲的声音或顺应地提出问题。然而，有时自己又得保持沉默，因为此时无声胜有声，但必须保持聚精会神的状态。

在人际沟通中，接收者做出反馈或应答时，往往主观上是想表明自己在努力理解对方的信息内容，可是理解与传送者的原意有偏差，结果事与愿违，反而干扰了信息交流的正常进行。因此，在做出反馈或应答时应该避免夸大或低估、过滤或添加、抢先或滞后、分析或重复。

3）积极交流。当一个销售人员需要将其观点、情感、产品等与客户进行沟通或者顾客给销售工作带来了麻烦而他们又不明了的情况下，销售人员要积极交流。所以，掌握积极交流的技巧，对于追求成功销售人员来说是至关重要的。

第一，成功地促使他人改变态度和行为的标准是：既解决问题，又不伤害双方的关系或对方的自尊。因此，措辞是否恰当非常关键，采用恰当的措辞是积极交流的第一步。一般在措辞中人们经常犯这样的错误，即不自觉地、轻率地给对方或不在场的第三者下断语。这样容易引起争辩或不满，造成抵制或惧怕，使交流中断。

第二，在积极交流过程中，要善于使用“换挡”技巧，即传送者和接收者角色互换，积极鼓励对方将想说的话说出来，你要仔细倾听：当对方看来准备倾听时，你要尽快转而阐明自己的思想、观点和情感。这种“换挡”，需要耐心和敏感，抓住有利时机进行听与说的转换。“换挡”技巧对于销售人员的好处是：①使客户愿意听你说；②从对方的“诉说”中了解与掌握其不满和反驳的理由；③给对方提供一个畅所欲言的场所。在你倾听了对方之后，对方也容易客观而又冷静地与你合作，进行积极交流，进而达成交易。

（2）非语言沟通

非语言沟通是借助于人的目光、表情、动作、体姿等肢体语言所进行的信息交流。在信息交流中，语言只起到了方向性和规定性的作用，而非语言才准确地表达了信息的真正内涵。非语言行为在人际沟通中不但起到支持、修饰或否定语言行为的作用，而且可以直接替代语言行为，甚至反映出语言难以表达的思想情感。

1）副语言。副语言是指说话音调的高低、节奏的快慢、语气的轻重，它们伴随着语言表达信息的真正含义，因而副语言与语言之间的关系非常密切。副语言尤其能表现一个人的情绪状态和态度，影响人们对信息的理解及交流双方的相互评价。销售人员要有意识地控制好自己的副语言行为，不要给人造成误解和歧义。另外，要注意倾听客户的弦外之音，识别客户所传递的信息的真正含义。

2）表情。表情是人类在进化过程中不断丰富和发展起来的一种交流手段。表情能够传递个人的情绪状态或态度，喜、怒、哀、乐、愁等心理状态都能在面部表情中得到淋漓尽致地展示。销售人员在与顾客沟通时，决不能对着天空高谈阔论，或者对着地下埋头苦讲，一定要注意对方的表情及其变化，及时做出反应和调整。

3）目光。目光是非语言沟通的一个重要通道。在人际沟通中，关于对方的许多信息特别是非语言信息，需要通过眼睛去搜集和接收，同时目光也是一种非语言信号，向他人传递着销售人员的态度、情感等信息。在人际沟通中，销售人员要善于使用目光，如用目光来表明赞赏和强化客户的语言和行为，用目光来表示困惑，让顾客有一个自我表现（暴露）和申诉的机会。

4）体姿。人们对待他人的态度在一定程度上是通过体姿表现出来的。虽然体姿不能完全表达个人的特定情绪，但它能反映一个人的紧张或放松程度。当某人对交流对象感到拘谨和恐惧、敌意或不满时，往往会呈现体姿僵硬、肌肉绷紧的情况，在这种情况下，往往使交流双方都感到不自在，人际沟通达不到预期的效果。所以说，不同的体姿也是一种沟通行为。

除了上述几种非语言行为外，还有动作、接触和个人空间及服饰打扮等非语言行为，如销售人员对客户点点头、拍拍肩表示赞赏和认可。当然，在人际沟通中，人们往往将几种非语言行为组合起来伴随着语言行为共同完成信息交流任务，快速、有效地达到人际沟通的目的。人们在沟通中，55% 是通过肢体语言表达的，38% 是通过声音传递的，只有 7% 是通过语言来完成的。

5）服饰与发型。个人仪表，尤其是销售人员的服饰与发型是其沟通风格的延伸与个性的展示。

服饰是销售人员通向成功之路的决定性因素之一，着装正式不仅是职业化的表现，还是对客户的一种尊重。大多数专业杂志主张销售人员的服饰应当体现专业性与庄重性，反映出自己的职业性与权威性，同时迎合客户的需要。销售人员还应关注自己的发型，值得引起人们注意的是，销售人员的发型不宜过于个性化与时髦、前卫，否则会给客户留下一个过于超前而显得不太稳重的印象。因此，销售人员应当仔细考虑服饰与发型及其对客户的影响，在决定自己的服饰与发型之前，观察一下自己的顾客。

销售人员通过其服饰与发型等外表所传递的非语言信息都应当是积极进取、热情开朗的。客户的个性特点、销售区域的文化氛围与经济环境，以及销售的产品 / 服务类型，都决定了销售人员的个人仪表与行为模式。

6）肢体语言提供的信息。有效的销售沟通犹如交通信号系统，客户一般会通过三种沟通模式，即面部表情、身体角度、动作姿势来传递非语言信息，表明其是否反对（红灯）、徘徊（黄灯）或可行（绿灯）的态度。

① 红灯：传递反对的信号。一旦客户亮起红灯，表明你在与对你的产品或者服务不感兴趣的人打交道，他们在拒绝你或者有“难言之隐”，此时，销售人员应该及时“刹车”，否则会由于“闯红灯”而受到惩罚，即自讨没趣或者根本就没有下一次的机会了。客户拒绝你的信号表现如下。

面部表情：表现出生气与紧张或者忐忑不安的样子，锁紧双眉，不再与你有目光接触，伴随着低沉与消极的语调。

身体角度：突然起身，整个身体背向你或者缩紧双肩，身体向后倾斜，显示出“拒人于千里之外”或者“心不在焉”的态度。一些客户利用清嗓子、擦手、用力地一捏耳朵或环顾左右等方式传达明显的抵制情绪。

动作姿势：双臂交叉并紧紧抱在胸前，握手乏力或做出拒绝的手势，双腿交叉并远离你。

② 黄灯：传递徘徊的信号。一旦客户亮起黄灯，表明客户还在怀疑、徘徊或者犹豫不决。销售人员对黄灯一定要敏感，此时，可能是沟通不畅或者客户对某些问题“一知半解”，或者“举棋不定”。其实客户亮了黄灯，对销售人员而言，绝对是一件好事，表明有“接受”的可能性。但是，若销售人员处理不当，黄灯则会转成红灯。客户怀疑你的信号表现如下。

面部表情：迷茫或者困惑，躲避的目光，伴随着疑问或者中性的语调。

身体角度：朝远离你的方向倾斜。

动作姿势：双臂交叉，略显紧张，双手摆动或手上拿着笔等物品不停地摆弄着，握手乏力。

③ 绿灯：传递可行的信号。一旦客户亮起绿灯，表明他们对你抱有赞同的态度，准备接受你，可能不一定马上就会产生购买行动，但是至少说明客户愿意倾听你的叙述并对你所说的话感兴趣。此时，销售人员应该抓住机会快速行动。客户接受你的信号表现如下。

面部表情：轻松、微笑，直接且柔和的目光接触，积极与富有情感的语调。

身体角度：身体前倾，双手摊开，握手有力。

动作姿势：双臂放松，一般不再交叉，双腿交叉叠起并朝向你。

大多数肢体语言的含义明显且明确。但是，销售人员需要引起注意的是：客户的

肢体语言是伴随着语言一起发生的，某个动作只是一连串事情或者一个模型中一部分的非语言暗示，切忌断章取义或者熟视无睹。常见的客户反应姿势与含义如表2-11所示。

表2-11　常见的客户反应姿势与含义

反应姿势	含义
摊开双手，打开大衣纽扣；脱掉大衣，放在椅子边上	开放/真诚
抬着头，手碰到脸颊，身体前倾，手托下巴	评价
无精打采，很少的眼神接触，嘴唇松弛，视而不见，眼神不集中	冷淡
两臂两腿交叉，身体后缩，环顾左右，触摸式揉鼻子	拒绝
紧握双手，揉颈背，在空中挥拳	挫折
眯着眼睛，嘴唇嚅动，嘴巴微微张开，来回走动，抖动手指，摆弄东西	紧张
身体僵硬，双臂双腿紧紧交叉，很少或没有眼睛接触，拳头紧握，嘴唇缩拢	防御
自豪的、挺直的身姿，持续的眼神接触，手伸直，双手合起抱着头放在头后，下巴抬起，含蓄地微笑	自信

2．沟通中的障碍与润滑剂

任务2.2（2）

（1）销售沟通中的障碍

信息交流通道并非都是畅通无阻的。信息交流的障碍，是指信息在传递过程中出现的噪声、失真或停止的现象。造成信息交流障碍的不仅有传送者的因素，也有接收者的因素等诸多原因。

1）传送者的障碍。

目的不明：若传送者对自己将要传递的信息内容、交流的目的缺乏真正的理解，即不清楚自己到底要向对方倾诉什么或阐明什么，那么信息交流的第一步便碰到了无法逾越的障碍。因此，销售人员或者客户在信息交流之前必须有一个明确的目的和清楚的概念，即“我要通过什么通道向谁传递什么信息并达到什么目的”。有些初次入门的销售人员，对自己到底需要向客户传递什么信息都搞不清，那么客户更加云里雾里。

表达模糊：销售人员无论是口头演讲或书面报告，都要表达清楚，使人一目了然，心领神会，若口齿不清、语无伦次、其词闪烁或词不达意、文理不通、字迹模糊，都会产生噪声并造成传递失真，使客户无法了解对方所要传递的真实信息。

选择失误：若销售人员对传送信息的时机把握不准，缺乏审时度势的能力，会大大降低信息交流的价值；信息交流通道选择失误，则会使信息传递受阻或延误传递的时机，如外资企业的客户偏好电子邮件传递信息，有些国有企业的采购经理更喜欢传真信息；若选择目标顾客失误，无疑会造成自讨没趣的局面，直接影响信息交流的效果。

形式不当：当销售人员使用语言（即文字或口语）和非语言（即肢体语言，如手势、表情、体姿等）表达同样的信息时，一定要相互协调，否则使人丈二和尚摸不着头脑。当传递一些十万火急的信息时，若不采用电话、传真或互联网等现代化的快速通道，而是通过邮递寄信的方式，那么接收者收到的信息往往由于时过境迁而成为一纸空文。

2）接收者的障碍。

过度加工：接收者在信息交流过程中，有时会按照自己的主观意愿，对信息进行过滤和添加。例如，销售人员与客户沟通时，往往投其所好，所传递的信息往往经过层层过滤后变得支离破碎或完美无缺；经过层层领会而添枝加叶，使所传递的信息被断章取义或面目全非，从而导致信息的模糊或失真。

知觉偏差：无论是销售人员还是客户其个人特征，如个性特点、认知水平、价值标准、权力地位、社会阶层、文化修养、智商情商等将直接影响到对被知觉对象（即传送者）的正确认识。人们在信息交流或人际沟通中，总习惯于以自己为准则，对不利于自己的信息要么视而不见，要么熟视无睹，甚至颠倒黑白，以达到防御的目的。

心理障碍：由于客户在沟通过程中曾经受到过伤害和产生过不良的情感体验，造成“一朝遭蛇咬，十年怕井绳”的心理定式，对销售人员心存疑惑、怀有敌意，或者由于内心恐惧、忐忑不安，就会拒绝接收所传递的信息甚至抵制参与信息交流。

思想差异：由于一些顾客的认知水平、价值标准和思维方式上的差异，往往会出现销售人员用心良苦而仅仅换来沟通不畅的局面，造成思想隔阂或误解，引发冲突，导致信息交流的中断及人际关系的破裂。

沟通技能：人的个性千差万别，人们的沟通技能也有相当大的差异，这种差异成为影响信息交流的一大关键要素。沟通技能的高低归因于个人的文化修养、教育水平，有的则在于个人秉性。

（2）提高信息交流效率的途径

1）选择适合的沟通风格和方式。根据不同的时间、空间及情景变化，选择适合的信息交流方式；针对不同的信息内容、不同的传递对象，采取特定的沟通类型，因人而异，以提高人际沟通和信息交流的效率。

2）提高传送者的表达能力。通过教育与培训，销售人员能以积极主动的态度、良好的心理素质和表达能力，将有关思想、观点、情感、产品与服务等信息准确、全面而又及时地传递出去。不可只注重影响对方而忽视表达清晰的信息。然而，更为关键的是传送者必须承认接收者的观点，有效的沟通使信息交流的双方能够心领神会。

3）强化接收者的反馈能力。不仅包括改善接收者的感知能力和理解能力，从而把所传信息准确、全面地接收下来，而且，销售人员必须学会利用反馈表明或强化自己的观点和接受的程度，若不能及时反馈就会造成误解和沟通障碍。非语言的沟通也是反馈的一个重要来源。

4）保持交流通道的畅通。可以从软件和硬件两个方面保持交流通道的畅通。首先，要营造一种良好的文化氛围，导入民主协商对话机制，克服官僚主义，减少中间环节，使销售人员与客户的沟通能畅通无阻。同时，尽可能利用现代高新技术的成果，如可视电话、闭路电视、传真、电子邮箱和互联网等，使信息交流迅速、流畅，并且可以防止信息失真和噪声。

（3）销售沟通中的润滑剂

积极交流不仅是解决问题的过程，也是销售人员将公司的理念与价值观、产品与服务、观点和情感向客户传递，将公司的决策、战略和发展方针向客户宣传与扩散的过程，以此增强销售人员与客户之间的凝聚力，促使顾客积极与销售人员合作。因而，能有意识地营造一个良好的交流氛围，会使这种交流变成一种令人愉快的事和人人参与的活动。若能在积极交流中增加一些“润滑剂”，那么信息交流就会更加通畅。

1）赞赏。赞赏是人际沟通中风险最小、最易掌握的一种技巧。然而，大多数人没有赞赏他人的习惯。要改变这种习惯，销售人员应该学会赞赏他人。首先，从追寻顾客行为中的积极因素入手；其次，学会让对方知道其行为使你感到愉快；再次，赞赏用语的使用也是非常关键的，要避免弄巧成拙，画蛇添足。销售人员理应学会与掌握赞赏技巧，利用赞赏来激励顾客积极进取，合作愉快。

2）幽默。幽默是一种灵气，体现了一种生动感和生命感。在人际沟通中，幽默表现为运用机智、诙谐、含蓄的语言使人发笑、令人回味，从而营造一种良好的交流氛围，幽默不仅使人们变得温和、委婉，还能缓解人们的紧张情绪，帮助人们达到积极交流和人际沟通的目标。销售人员在沟通中，切忌油嘴滑舌和不顾交往情景的过度幽默。

3）委婉。委婉是在人际沟通中被广泛采用的交流技巧。说话委婉，给人以文明和高雅的感觉，反映了一个人的文化修养和内在素质；同时，说话委婉，可以使人避免陷入“一言既出，驷马难追”的困境。销售人员说话委婉，往往给人以平等待人、平易近人而不是居高临下、盛气凌人的感觉。

4）寒暄。寒暄就是嘘寒问暖，这是人们见面时通常互致的问候。寒暄有时没有特定的意义，但在人际沟通中是不可或缺的交流技巧。有时看来寒暄是没话找话，但它不仅会启动交流，使陌生人相互认识，而且使不熟悉的人开始熟悉，使生硬、单调的交往情景增添活跃的气氛。销售人员应该经常给客户打打招呼聊天，每逢客户生日或者节假日时，给客户打电话问候或者邮寄贺卡或者发封电子邮件，以此消除客户与销售人员之间的心理隔阂，增进销售人员与客户的关系。

三、做好与客户沟通前的准备

1. 了解客户基本信息

客户开发人员在与潜在客户沟通之前，大体上需要掌握以下几项内容，在具体实施过程中可根据沟通需求或沟通目的适当选择。

1）客户的个人基本情况及家庭人口状况。

2）客户收入、支出、储蓄及家庭财产情况。

3）客户的消费偏好。

4）客户的信用状况。

5）客户需求及对本企业产品的认知程度。

6）客户经营状况及管理水平。

7）客户的主要合作伙伴。

对企业进行沟通前可以先完成对客户企业的基本信息调研，然后再选择沟通方式进行沟通，如表 2-12 所示。

表 2-12　客户信息调查表

客户负责人：　　　　　　　　　　业务代表：

<table>
<tr><td colspan="2">客户名称</td><td colspan="3"></td><td>客户电话</td><td colspan="3"></td></tr>
<tr><td colspan="2">地址</td><td colspan="7"></td></tr>
<tr><td rowspan="3">接洽人员</td><td>法人代表</td><td></td><td>年龄</td><td></td><td>文化程度</td><td></td><td>性格</td><td></td></tr>
<tr><td>负责人</td><td></td><td>年龄</td><td></td><td>文化程度</td><td></td><td>性格</td><td></td></tr>
<tr><td>接洽人</td><td></td><td>职务</td><td></td><td>负责事项</td><td></td><td>性格</td><td></td></tr>
<tr><td rowspan="7">经营状况</td><td>经营方式</td><td colspan="7">□积极　□保守　□踏实　□不定　□投机</td></tr>
<tr><td>业务状况</td><td colspan="7">□兴隆　□成长　□稳定　□衰退　□不定</td></tr>
<tr><td>业务范围</td><td colspan="7"></td></tr>
<tr><td>销售方式</td><td colspan="7">□合理　□偏高　□偏低　□削价</td></tr>
<tr><td>销量</td><td>旺季</td><td>月</td><td>月销量</td><td></td><td>旺季</td><td>月</td><td>月销量</td></tr>
<tr><td>企业性质</td><td colspan="7">□国有企业　□股份有限公司　□合伙店铺　□合资企业　□其他</td></tr>
<tr><td>员工人数</td><td>职员</td><td>人</td><td>管理层</td><td>人</td><td>合计</td><td colspan="2">人</td></tr>
<tr><td rowspan="4">同业地位及付款细则</td><td>地位</td><td colspan="7"></td></tr>
<tr><td>付款明细</td><td colspan="7"></td></tr>
<tr><td>方式</td><td colspan="7"></td></tr>
<tr><td>手续</td><td colspan="7"></td></tr>
<tr><td rowspan="3">与本公司往来情况</td><td>时间</td><td colspan="2">主要采购产品</td><td colspan="2">旺季每月金额</td><td colspan="2">淡季每月金额</td><td>总金额</td></tr>
<tr><td></td><td></td><td></td><td></td><td></td><td></td><td></td><td></td></tr>
<tr><td></td><td></td><td></td><td></td><td></td><td></td><td></td><td></td></tr>
</table>

2. 了解客户对服务的基本要求

要成功地开发客户，需要业务人员提供优质的服务。因而我们需要了解客户对服务的要求。一般而言，客户对服务的需求要有七个方面：可靠度、有形度、响应度、同理度、专业度、尊重度、参与度。

3. 塑造职业化的个人形象

做好充分的准备之后，业务人员需要以非常职业化、非常敬业的态度来接待自己的客户，主要体现在以下两个方面。

（1）职业化的第一印象

职业化的第一印象是接待客户、欢迎客户最重要的一点。客户非常在乎业务人员带给他的第一感受，因此业务人员要通过穿着、外表的展示，给人以职业化的感觉。在与客户接近时，个人形象举足轻重。一名优秀的业务人员往往给人着装得体、气质优雅、干净利索、恰到好处的印象。

（2）敬业乐观的服务态度

良好的服务态度是敬业精神的最好体现。服务人员真诚友善的服务态度、对自身职业岗位的荣誉感和自豪感，对企业及产品的热爱和信心，会通过业务人员的微笑、言行、举止等细节源源不断地流露出来，并潜移默化地感染客户，将为进一步的交流打开一扇又一扇沟通的窗口，架起一座又一座信任的桥梁。

4. 打造引人入胜的开场白

想引起客户的注意，引发客户的兴趣，适时地开始谈话是成功的前提条件。一个积极的谈话开端可以分为友好地问候客户、积极地响应客户、郑重地交换名片、使用尊称进行交流、寻找共同的话题五个阶段。

任务实施

第一步：教师强调与客户沟通前的准备工作的重要性。布置任务，组织和引导学生讨论并思考如何进行客户需求沟通之前的准备工作。

第二步：学生完成表 2-13。

第三步：结合学生讨论结果进行总评。

表 2-13　客户需求沟通的前期准备工作

客户需求沟通的前期准备工作		分析内容
基本准备工作	了解客户基本信息	
	了解客户对服务的基本要求	
	塑造职业化的个人形象	
	打造引人入胜的开场白	
任务实施过程中的难点		

任务三　应对客户咨询

学习目标

※ 知识目标

1. 理解如何了解客户的真正需求的方法。
2. 了解推荐产品或服务的技巧。
3. 合理应对客户咨询。

※ 技能目标

能得体地应对客户咨询，促成交易。

案例描述

2.3 案例

泰国的东方饭店堪称亚洲饭店之最，几乎天天客满，不提前一个月预订是很难有入住机会的，而且客人大多来自西方发达国家。是什么原因使这家饭店如此火爆呢？他们靠的是非同寻常的客户关系管理。

于先生因公务经常到泰国出差，并下榻在东方饭店，第一次入住时，良好的饭店环境和服务就给他留下了深刻的印象，第二次入住时的几个细节更使他对饭店的好感迅速升级。

那天早上，在他走出房门准备去餐厅的时候，楼层服务生恭敬地问道："于先生是要用早餐吗？"他很奇怪，反问："你怎么知道我姓于？"服务生说："我们饭店规定，晚上要背熟所有客人的姓名。”这令于先生大吃一惊，因为他频繁往返于世界各地，入住过无数高级酒店，但这种情况还是第一次碰到。

于先生高兴地乘电梯到餐厅所在的楼层，刚刚走出电梯门，餐厅的服务生说：“于先生，里面请！”他更加疑惑，因为服务生并没有看到他的房卡，就问：“你知道我姓于？”服务生答：“上面的电话刚刚打下来，说您已经下楼了。”如此高的效率让于先生再次大吃一惊。

于先生刚走进餐厅，服务小姐微笑着问：“于先生还要老位置吗？”于先生的惊讶再次升级，心想：“尽管我不是第一次在这里吃饭，但最近的一次也有一年多了，难道这里的服务小姐记忆力那么好？”看到于先生惊讶的表情，服务小姐主动解释说：“我刚刚查过电脑记录，您在去年的6月8日在靠近第二个窗口的位置上用过早餐。”于先生听后兴奋地说：“老位置！老位置！”小姐接着问：“老菜单？一个三明治，一杯咖啡，一个鸡蛋。”现在于先生已经不再惊讶，“老菜单，就要老菜单！”于先生已经兴奋到了极点。

餐厅赠送了一碟小菜，由于这种小菜于先生是第一次看到，他问：“这是什么？”服务生后退两步说：“这是我们特有的××小菜。”服务生为什么要先后退两步呢？他是怕自己说话时口水不小心落在客人的食品上，这种细致的服务给于先生留下了终生难忘的印象。

后来，由于业务调整的原因，于先生有三年的时间没有再到泰国，在于先生生日的时候，他突然收到了一封来自东方饭店的生日贺卡，里面还附了一封短信，内容是：“亲爱的于先生，您已经有三年没有来过我们这里了，我们全体人员都非常想念您，希望能再次见到您！今天是您的生日，祝您生日愉快！”于先生当时激动得热泪盈眶，发誓如果再去泰国，绝对不会到任何其他饭店，一定要住东方饭店，而且要说服所有的朋友也像他那样选择。就这样，一封贴着六元邮票的信买到了一颗心。这就是客户关系管理的魔力。

东方饭店非常重视培养忠实的客户，并且建立了一套完善的客户关系管理体系，使客户入住后可以得到无微不至的人性化服务。迄今为止，世界各国大约20万人曾经入住过那里，用他们的话说，只要每年有十分之一的老客户光顾，饭店就会永远客满，这就是东方饭店成功的秘诀。

现在客户关系管理的观念已经被普遍接受，而且相当一部分企业已经建立起了自己的客户关系管理系统，但真正能做到像东方饭店这种程度的还不多见，关键是很多企业仅仅是增加了一套软件系统，并没有在内心深处去思考如何贯彻执行，所以大多浮于表面，难见实效。实际上，客户关系管理并非只是一套软件系统，而是以全员服务意识为核心贯穿于所有经营环节的一整套全面、完善的服务理念和服务体系，是一种企业文化。在这方面，泰国东方饭店的做法值得很多企业认真学习和借鉴。

案例实战

通过对案例的学习，经过小组讨论，同学们分析以下问题，并完成小组讨论报告。

1．泰国的东方饭店对新客户提供了什么样的服务？这些服务有什么作用？
2．对待老客户，泰国的东方饭店是怎么做的？
3．从这个案例中，我们可以得到关于争取客户、促成交易的什么启示？

任务布置

同学们帮助苏小萌分析以下问题。

1．面对不同的询问，应该怎样回答客户？
2．在与客户沟通的时候，应该注意什么？
3．怎样提高自己的沟通效率？
4．如何成功地推销自己的产品和服务？

任务分析

本任务需要学生理解什么是有效沟通。在电子商务客户服务行业，从以商品为中心到以客户为中心的价值观转变，网店将客户体验放在越来越重要的位置。在客户对商品的选择过程中，我们应该努力地促成交易的达成。所以，我们要明白，在沟通中，作为客服人员应该怎样面对客户的询问，并掌握一定的推销技巧。

各学习小组可以进行情景模拟。

相关知识

沟通是自然科学和社会科学的混合物，是企业管理的有效工具。沟通还是一种技能，是一个人对本身知识能力、表达能力、行为能力的发挥。无论是企业管理者还是普通的职工，都是企业竞争力的核心要素，做好沟通工作，无疑是企业各项工作顺利进行的前提。

要达到有效的沟通，须具备两个必要条件：首先，信息发送者清晰地表达信息的内涵，以便信息接收者能确切理解；其次，信息发送者重视信息接收者的反应并根据其反应及时修正信息的传递，免除不必要的误解。两者缺一不可。

一、了解客户的真正需求

任务 2.3

一个素不相识或相知不深的客户，在短短的数分钟内产生“这个人值得信赖”“这个人销售的正是我想要的”的感觉，绝非三言两语就可以办到，业务人员必须倾注全力去了解客户真正的需求，而客户的需求又是不断发展和变化的。随着较低层次需求的满足，客户会追求更高层次的需求。客户的需求千差万别，业务人员应提前预测并准备相应的预案。

1．了解客户需求的内涵

客户需求是客户开发及维护的核心，探寻客户需求是客户开发工作中最为重要的一环。业务人员应特别注意的是，在完全、清楚地识别及证实客户的明确需求之前，不要推荐企业的产品或服务。对客户有效需求的理解，包含以下几个关键要素。

（1）要完全了解客户的需求

要完全了解客户的需求，是指对客户的需求要有全面的了解，主要包括客户都有哪些需求，这些需求对客户最重要的是哪些，它们的先后顺序是什么。

（2）要清楚地识别客户的需求

要清楚地识别客户的需求是指要非常清楚地了解客户表达的具体需求是什么，客户为什么会有这些需求。很多销售人员都知道客户的需求，如客户说：“我准备要小一点的笔记本电脑。”这是一个具体的需求，但他们对客户为什么要小一点的笔记本电脑却并不知道。所谓“清楚”，就是要找到客户需求产生的原因，而这个原因其实就是需求的需求，是真正驱动客户采取措施的动因。找到了这个动因，将对引导客户做出决策很有帮助。

（3）客户需求必须经客户自身证实

客户需求应经过客户的亲口证实，而不仅仅是销售人员自己个人的猜测或主观臆断。很多时候，销售人员会对客户的需求进行探测和判断，但这些主观臆断并不能代表客户的真实需求。销售人员要做的就是，帮助客户整理和发掘他们的需求，并经过其确认，从而明确其真实的、具体的需求。

（4）客户的需求应该是明确的而非潜在的

明确的需求是指客户主动表达出来的要解决他们问题的愿望。这时，客户能将其要求或期望做出清楚的陈述，其主要用语有“我想”“我希望”“我要”“我期望”“我们对……很感兴趣”等。例如，“我们对服务器的实用性要求很高”等。

这种情况下，引导出客户的购买意愿比较容易。但很多情况下，虽然客户产生了明确的需求，但并不代表客户清楚地知道他究竟需要什么。对有些客户而言，他们很清楚自己需要什么；而对有些客户而言，他们并不清楚什么产品对自己是最合适的。例如，一个客户说：“我需要一台笔记本电脑。”他虽然表达的是明确需求，但究竟什么样的笔记本电脑是最适合他的，这一点他并不清楚。所以当销售人员遇到对自己的需求并不是很明确的客户时，可以利用专业领域的知识，帮助客户做出正确的选择，这样才能真正满足客户。

对于潜在的需求，客户经常以抱怨、不满、抗拒、误解等方式做出陈述，所以引导出客户的购买意愿并不容易。例如，客户说“我现在的计算机速度有些慢”“我找不到竞争对手的资料，所以感到很头疼”“我们现有的供应商供货有时不及时”等，这些都是客户对所存在的问题的描述，这些话语之中包含了客户的潜在需求。

2．探寻客户的真实需求

探寻客户需求的一个重要方法是提出高质量的问题。可惜的是，很多客户经理或业务人员不会提问，也没有意识去提问，只会介绍产品。

（1）激发客户需求的询问

1）获取客户基本信息的询问。假如销售人员销售的是计算机，他就应当如此向客户询问：您的公司有多少台计算机？您的业务主要包括哪些方面？您主要负责哪些方面？计算机出现故障的情况如何？您花很多时间来解决这些问题吗？……

2）发现问题的询问。客户需求的产生是由于存在需要解决的问题，或者存在需要弥补的差距。当获得了客户的相关基本信息之后，我们需要知道客户对企业产品应用方面的态度，尤其是不满意的地方，这样有助于进一步激发客户的明确需求。这时可向客户如此询问：对现有系统您最不满意的地方在哪里？哪些事情使您很头疼？哪些事情占用了您很多时间？……

3）激发需求的询问。当发现了客户对现状的不满之处以后，业务人员应通过提出激发需求的问题，将客户的这些不满意扩大成更大的不满，从而引起客户的高度重视，以提高客户解决这类问题的紧迫性。这时可向客户如此询问：这些问题对您有什么影响呢？您的领导如何看待这一问题呢？……

4）引导客户解决问题的询问。当客户意识到所面临问题的严重性后，通过引导客户解决问题的询问，可让客户看到解决这些问题之后给他带来的积极影响，从而促使客户下决心行动。这时可向客户如此询问：这些问题解决以后对您有什么有利的地方？您为什么要解决这些问题？……

5）探寻客户具体需求的询问。当客户表达的是明确需求时，销售人员还应该花时间尽可能地了解客户的具体需求，同时也应该知道需求产生的原因。这时可向客户如此询问：我想更多地了解您的需要，您能告诉我您理想中的新计算机是什么样子吗？对于台式机的主要特点，如可靠性、稳定性、易服务性、可管理性，您最感兴趣的是哪一点？为什么？除了这一点，您还对哪些方面感兴趣？您用这台计算机做些什么工作呢？您已经有了产品配置呢，还是需要我为您推荐？您希望得到一台什么样的计算

机？这对您为什么很重要？您准备如何使用这台计算机？请告诉我您要的配置，好吗？（听上去很直接，但这对于那些很清楚自己要什么的客户是很难奏效的，因为他们可能就是想知道价格而已。）

6）引导客户向前走的询问。在与客户沟通的过程中，需要引导客户在销售的道路上向前走。从最初接触客户，到与客户达成合作协议，有时候一个电话就可以，而有时候可能要持续一个月，甚至更久。在这个过程中，业务人员得引导客户一步一步往前走，不能消极地等待客户做出决策，很多时候要帮助客户做出决策。这时可向客户如此询问：您下一步有何打算？如果您感到计算机不仅能节省您的支出，而且能提高您的效率，那么还要多久您才能做出决定？您对计算机最感兴趣的地方是什么？如果计算机可以满足您的要求，我们现在可以谈谈具体的细节问题吗？为了得到您的同意，我们还要做些什么？为了得到其他人的同意，我又要做些什么？对于计算机的主要优点，如按需配置、可靠性、性价比（或者其他优点），您最感兴趣的是什么呢？它可以帮您解决什么问题？解决这些问题很紧迫吗？为什么？可否请教一下，除了我们，还有谁与您联系？您认为他们哪一方面做得更好？除了您做决策，还有谁参与决策过程？您希望分批送货还是一次性送货？……

（2）客户需求的基本类型

一般而言，客户的需求有四种类型：信息需求、环境需求、情感需求、便利需求。

1）信息需求。这些信息主要是指有关产品或服务的质量、价格、品种等方面的信息，实际上是一种客户需要使用的帮助信息。为了满足客户的信息需求，销售人员应做好充分的准备，不断充实自己的专业知识。因为只有具备了丰富的专业知识，才有可能为客户提供满意的服务。

2）环境需求。作为销售人员，还应及时预测客户对服务环境的期望和要求。例如，客户如果去银行取钱，在填写单据的时候，可能需要一份模板等；如果天气太热可能需要营业厅开着空调等。这些统称为环境需求。

3）情感需求。这是指客户在感情上需要获得业务人员的理解和认同。这种情感需要因人而异、因时而异、因地而异，多姿多彩且变幻莫测，需要业务人员随机应变、灵活处理。

4）便利需求。便利性是满足个人利益的一个重点。为客户购买及使用的产品和服务提供尽可能多的便利，是吸引消费者的重要策略。例如，汽车变速器自动变挡的便利性是吸引许多女性购车的重要原因，手机软件设计的简便性也是客户挑选的重点。便利性往往是打动消费者做出购买决策的关键因素。

二、推荐产品或服务的技巧

作为售中人员，成功地销售出我们的商品是最重要的目标。接近顾客是销售的一个重要步骤，也是一个有技巧的工作，这方面做得好，我们不但能拉近与顾客的心理距离，而且可以尽快地促成交易，反之就会吓跑他们，下面和大家分享一些促成销售的基本技巧。

1.促成销售的基本技巧

（1）假设法销售技巧

当顾客有意向购买商品，但是又拿不定主意的时候，我们可以试下让其“二选其一”的销售技巧。例如，我们可以这样对顾客说：“请问您要那件浅灰色的毛衣，还是那件纯白色的毛衣呢？”或者说：“请问是寄到您手上，还是帮您转寄呢？”类似此种推动式的问话技巧，表面上是让顾客二选其一，但实际上是你在帮他拿主意，催促顾客下决心购买。

（2）站位法销售

客服要站在顾客的角度思考问题。有很多顾客即使中意了商品，也不会马上下单，总喜欢在产品颜色、规格、式样、发货日期上不停询问。这时，我们就需要稍微改变下销售策略了，要仔细揣摩顾客的心理，看顾客是不满意价格、质量还是款式。先将下单的问题抛之脑后，然后针对商品的颜色、规格、式样、发货日期等热心地帮顾客一一解答，解决了这些问题后，订单自然而然就落实了。

（3）巧用“买不到”心理

多数顾客总有一种心理，那就是对于越得不到的商品他们就越想得到它。我们就可以利用顾客这种“买不到”的心理来促成订单。例如，我们可以对顾客这样说：“亲，该宝贝只剩下最后一个了，短期内不会再进货，你要是再不下单就没有了。”或者说：“您好，今天是宝贝折扣最后 12 小时，请不要错过机会，明天您就买不到这种价位了。”

（4）尝试购买法

当顾客出现想要购买某件商品，但又担心质量等问题时，我们就可以建议顾客先买一点试试，有效果再来。当然前提是你对自己的产品有足够的信心，可能刚开始我们的订单数量会很少，但是当顾客试用满意后，就不用愁大订单了。

（5）晾晒法

很多顾客在买东西时都显得优柔寡断，虽然很中意产品，但是又担心这担心那，一直不下单。这时，我们可以装作要去接待其他顾客会很忙的样子，给他一种无暇顾及他的感觉。这种举动，就会让顾客有时间思考，最后决定下单。

（6）反问式回答促销

什么是反问式回答呢？例如，当顾客询问某件商品时，该商品刚好没有了，这时就需要我们灵活地运用反问式回答来促成交易了。从卖手机壳为例，当顾客决定购买但是问道：“你们有银白色的手机壳吗？”这时，我们千万不能说没有，而应该反问道："很抱歉，我们库存现在有白色、棕色、粉红色的，这几种颜色里，您倾向于哪一种呢？"

做好店面的经营工作，很重要的一部分就是做好在线客服的销售工作，这样才能不断提高店内产品的销量，实现品牌更好地经营和发展，带来商机。

2. 达成销售的步骤

接近顾客只是促成销售的前提，如果想要达成销售，我们还需要进行以下九个步骤。

（1）事先准备

作为一名售中客服人员，掌握相关的专业知识必不可少，如公司、产品、制度模式、先机、优势、示范工具等。这些专业知识在售中客服人员给顾客讲解的过程中能提供强有力的支持，也是售中客服人员说服力的来源。客服对产品知识的熟悉是与顾客交流谈判的基础。如果客服不能给予恰当的答复，甚至一问三不知，无疑是给客户的购买热情浇冷水。售中客服人员必须想象自己推销的产品有极大的价值，远远超过顾客购买的金额，这是一种潜意识信念。

（2）使自己的情绪达到巅峰状态

在销售开始之前，售中客服人员要先学会处理好自己的心情。因为行动力来源于活力，调整好自己的心情是做好销售工作的前提。售中客服人员要使自己的情绪达到巅峰状态，这样不仅能给客户带去好的心情，同时还能提高销售的成功率。

（3）与顾客建立信赖感

在销售过程中，售中客服人员可以通过使用第三者分享见证的方法，与顾客建立信赖感。首先，在谈话中，80% 的时间应由顾客讲话，售中客服人员较多地倾听会让顾客获得受尊重的感觉。其次，提问也是推销中的一门学问，掌握提问的原则可以从以下几个方面入手：先问简单、容易回答的问题；要问"是"的问题；要从小事开始发问；问约束性的问题；尽量不要问可能回答"否"的问题。

另外，在与顾客沟通时，售中客服人员要对顾客的类型进行判断：视觉型（讲话特别快）、听觉型（大部分时间愿意听人介绍）、触觉型（动手触摸产品）。只有这样，才能对顾客了如指掌。根据顾客的类型，售中客服人员在推销时要注意语言的使用：对于视觉型的顾客，建议他们"多看"；对于听觉型的顾客，建议他们"多听"；对于触觉型的顾客，建议他们"多摸"。

（4）了解顾客的问题、需求、渴望

售中客服人员要知道顾客现阶段的兴趣所在和好恶倾向；顾客会不会因为某种原因而做出改变；如果是家庭购买，决策者会是谁；决策者是否唯一，有没有其他解决方案等。

不同的顾客，价值观是不一样的。售中客服人员了解顾客的价值观之后再去推销产品，针对性和成功率都会加强。顾客分为以下几种类型。

1）家庭型：家庭第一，不喜改变，重视安全感。

2）模仿型：模仿明星、大人物。

3）成熟型：与众不同，追求品质。

4）社会认同型：帮助社会、贡献国家。

5）生存型：便宜、省钱。

6）混合型：以上几种类型的混合。

（5）分析竞争对手

如果顾客把产品与竞争对手的产品做比较，那么售中客服人员应该这么做：点出产品的几大特色；举出产品的最大优点；举出对手最大的缺点；跟价格贵的产品做比较。

（6）解除反对意见

在顾客提出反对意见和拒绝借口之前，要先想好对策，一般顾客的反对意见不会超过六个，预先列出时间、金钱、效率、决策人、不了解、不需要等，并根据这些反对意见进行解释说明，以求取得顾客的信任，解除他们的反对意见。

（7）成交

促使交易达成可以采取以下四种方法。

1）对比原理成交法，即先提出最贵的产品，再抛出低价的产品。

2）回马枪成交法。在辞别时，请教顾客自己何处讲得不好，然后返回重讲。

3）假设成交法。了解顾客的真实购买原因，假设对方有一天会买，将会出现什么情况。

4）确认单签名成交法。售中客服人员可以预先设计完整的确认单，如果可以熟练地掌握这其中促成交易的方法，销售人员的签单率在短期之内会有大幅提高。

此外，售中客服人员还可以使用“售后服务确认成交法”及“二选一成交法”等。

（8）请顾客转介绍

首先，售中客服人员需要提供价值，让顾客觉得满意；然后，再询问顾客周围有没有需要同类产品及价值的朋友；最后，请顾客写出自己朋友的名字，看顾客是否可以立刻打电话给自己的朋友。如果获得机会，售中客服人员要在第一时间跟新顾客预约拜访时间及地点，并借推荐顾客之口赞美新顾客，并同时确认对方的需求。

（9）许诺售后服务

售后服务相当重要，做好售后服务的第一秘诀就是定时回访。交易完成之后，售中客服人员要立刻建立顾客的档案，记下顾客的资料；同时记下顾客的所有需求，并提供一些附加值服务让顾客感动，顾客发自内心的感谢将会极大提高他们的忠诚度。

任务实施

第一步：布置任务，组织和引导学生讨论并思考如何与客户进行有效沟通。
第二步：各小组学生设计遇到不同类型客户的不同情景并进行模拟训练。
第三步：把应对情况记录下来。
第四步：结合学生训练情况进行总评。

任务四　处理客户异议

学习目标

※ **知识目标**

1. 了解客户异议的种类。
2. 了解客户异议产生的原因。
3. 掌握客户异议处理的原则。
4. 掌握客户异议处理的方法。

※ **技能目标**

能顺利处理客户异议。

案例描述

2.4 案例

茜茜是一家服装店的销售员。一天，一位女士走进了服装店，在裙装区转了几圈后将目光锁在了一件连衣裙上。茜茜看到后马上迎了上去。

女士：“这条裙子多少钱？”

茜茜：“原价 499 元，打完折价格是 299 元。”

女士：“299 元？那么贵。就这种款式和图案没有什么特别之处，还是去年流行过的，哪里值得了那么多钱？你们这里就没有今年新流行的款式吗？”

茜茜：“女士，橱窗里挂的都是今年的新款，但对您来讲不太适合，还是这款裙装比较适合您。”

女士：“是吗？可是这个款式太陈旧了，能便宜点吗？”

茜茜:“女士,不好意思,不能便宜了。其实您的皮肤比较白,这款裙装颜色很适合您。如果您喜欢流行款，那边也有很多，您可以看一下。”

女士：“这些吗？我不太喜欢……”

茜茜：“女士，这已经是非常优惠的价格了。看您的穿着，我想您应该是穿衣服很有风格的人，也很会搭配衣服。如果有适合自己的服装您肯定是不愿放过的。这款裙装就特别能突显您的气质。您可以来亲自感受一下，这里有试衣间。”

客户开始试穿衣服。

茜茜：“穿上这条裙子您的气质更好了。如果再配上一条项链，出席宴会或者参加私人聚会时会成为焦点。”

茜茜顺利地卖出了自己的商品。

案例实战

通过对案例的学习，经过小组讨论，同学们分析以下问题，并完成小组讨论报告。

1．在这个案例中，客户提出了什么异议？

2．这些异议属于什么类型？

3．茜茜是怎么处理这些异议的？

4．我们能从这个案例中得到关于处理异议的什么原则？

任务布置

同学们帮助苏小萌分析以下问题。

1．公司的猕猴桃销售面对的客户异议的类型有哪些？

2．我们应该怎样处理不同的异议？

任务分析

异议是客户宣泄内心想法的最好方式，表明自己提供的利益不能满足他们的需求。对客户异议如果不加以重视，有可能会造成客户投诉，最终可能会导致客户流失。要处理好客户异议，首先需要了解客户的异议都有哪些类型，再根据客户异议，采取有针对性的对策。

各学习小组可以独立完成本次信息收集和情景模拟。

相关知识

客户异议，是指客户针对客服人员及其在推销过程中的各种活动做出的一种反应，是客户对产品、客服人员、推销方式和交易条件发出的怀疑、抱怨、质疑，提出的否定或反对意见。客户异议的实质是客户对产品或服务不满的一种表现方式。

通常人们认为异议会让人产生一种挫折感与恐惧感，而经验丰富的客服人员，却能积极地看待各类异议，并揭示异议的另一层含义。客户服务工作的实践表明，没有异议的客户才是最难接待的客户，因为异议不仅能提供更多有价值的信息，还表示客户将有求于你。

一、客户异议的类型

任务 2.4

客户异议的类型如图 2-1 所示。

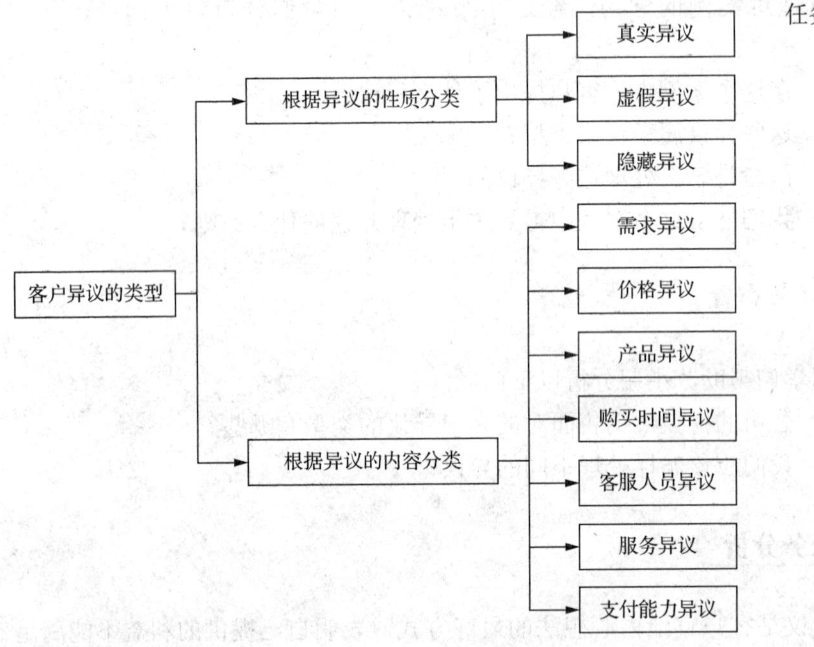

图 2-1　客户异议的类型

1. 根据异议的性质分类

（1）真实异议

客户表示目前没有需要，或对企业的产品或服务不满意甚至怀有偏见，如从网络上看到产品质量有问题等。面对这类真实异议，客服人员必须根据具体情况采取立刻处理或延后处理和策略。

（2）虚假异议

虚假异议主要分两种情形：一是客户用借口、敷衍的方式应付客服人员，目的是不想真心介入客服人员的活动，没有诚意和客服人员会谈；二是尽管客户提出了很多异议，但这些并不是他们真正在意的地方。

（3）隐藏异议

客户并不把真实的异议提出来，而是提出了各种真实异议或虚假异议，目的是借此假象达成隐藏异议解决的有利环境。例如，客户希望降价，但却提出产品颜色的异议，以此降低产品价值，达到降价的目的。

2．根据异议的内容分类

（1）需求异议

客户以自己没有这种产品需求为由而提出的异议。该异议可以从两个方面理解：一是客户真的不需要；二是客户需要，只是没有决定购买，此时需要更深层次地挖掘，找出客户真正拒绝的理由。

（2）价格异议

讨价还价是大多数客户的购买习惯，客服人员可以就产品质量、款式等理由打消这种异议。

（3）产品异议

产品异议也称为质量异议，是对产品质量提出的质疑，属于异议中较难处理的一种。

（4）购买时间异议

购买时间异议多数为借口，客服人员要有效地让客户表达出背后的真实原因。

（5）客服人员异议

客服人员异议包括客服人员的语言、行为、眼神、礼仪、工作不专注等导致的异议。

（6）服务异议

服务异议是指客户对购买产品或服务前后一系列服务的具体方式、内容、时间等提出的反对意见。对于这类异议应通过提高服务水平，尽量与客户进行协商来解决，也可采取一些补救措施。

（7）支付能力异议

支付能力异议很少能直接表现出来，往往会转变成其他异议。如果直接表示没有支付能力，可能是在掩饰需求或价格等，要想方设法找到真正原因，然后化解异议。即使真的是没有支付能力，也要对客户真诚相待，给对方留下好印象。

二、客户异议产生的原因

1．客户方面的原因

1）客户拒绝改变自我意识。大多数人改变会产生抵触情绪。在异议产生的时候往往需要双方在固有意识上做出改变。

2）情绪处于低潮。当客户情绪处于低潮时，没有心情商谈，容易提出异议。

3）没有购买意愿。客户的购买意愿没有被激发出来，没有引起他的注意及兴趣。

4）无法满足客户的需要。客户的需要不能被充分地满足，因而无法认同客服人员提出的建议。

5）缺乏足够的购买力。这将导致价格上的异议。

6）客户抱有隐藏异议。当客户抱有隐藏异议时，会提出各式各样的其他异议。

2．产品方面的原因

1）产品的质量。产品的质量不符合客户的需求。

2）产品的价格。客户对产品的价格不满意。

3）产品的品牌及包装。客户对产品的品牌及包装不认同。

4）产品的销售服务。客户对产品的销售服务不满意。

3．客服人员方面的原因

客服人员本身的不当表现，如态度不当、陈述夸大、沟通不当等，都将导致客户产生各种各样的异议。

4．企业方面的原因

客户可能会企业产品的宣传、经营方式等产生异议。

三、客户异议处理的原则

1．做好准备工作

“不打无准备之仗”，这是销售人员面对客户拒绝时应遵循的一个基本原则。销售前，销售人员要充分估计客户可能提出的异议，做到心中有数。这样即使遇到难题，也能从容应对。事前无准备，就可能不知所措，客户得不到满意答复，自然无法成交。可以说，良好的准备工作有助于消除客户异议的负面性。

2．选择恰当的时机

根据美国的一项对几千名销售人员的调查，优秀销售人员所遇到的客户严重反对的概率只是其他人的十分之一，原因就在于优秀销售员往往能选择恰当的时机对客户的异议提供满意的答复。在恰当的时机答复客户异议，便是在消除异议负面作用的基础上发挥了积极的作用。

3．忌与客户争辩

不管客户如何批评，销售人员永远不要与客户争辩，与客户争辩，失败的永远是销售员。

4．给客户留“面子”

客户的意见无论是对是错、是深刻还是幼稚，销售人员都不能给对方留下轻视的感觉。销售人员要尊重客户的意见，讲话时面带微笑、正视客户，听对方讲话时要全神贯注，回答客户问话时语气不能生硬。“你错了”“你连这也不懂”“你没明白我说的意思，我是说……”这样的表达方式抬高了自己，贬低了客户，会挫伤客户的自尊心。

四、客户异议处理的方法

1．转折处理法

转折处理法，是推销工作的常用方法，即销售人员根据有关事实和理由来间接否定客户的意见。应用这种方法时，应首先承认客户的看法有一定道理，也就是向客户做出一定让步，然后再讲出自己的看法。此法一旦使用不当，可能会使客户提出更多的意见。在使用过程中要尽量少地使用“但是”一词，而实际交谈中却包含着“但是”的意见，这样效果会更好。只要灵活掌握这种方法，就会保持良好的洽谈气氛，为自己的谈话留有余地。

例如，客户提出销售人员推销的服装颜色过时时，销售人员不妨这样回答：“女士，您的记忆力的确很好，这种颜色几年前已经流行过了。我想您是知道的，服装的潮流是轮回的，如今又有了这种颜色回潮的迹象。”这样就能轻松地反驳客户的意见。

2．转化处理法

转化处理法，是利用客户自身的反对意见来处理。客户的反对意见是有双重属性的，

它既是交易的障碍，同时又是一次交易机会。销售人员利用其积极因素去抵消其消极因素，未尝不是一件好事。

转化处理法是直接利用客户的反对意见，转化为肯定意见，但应用这种技巧时一定要讲究礼仪，而不能伤害客户的感情。此法一般不适用于与成交有关的或敏感性的反对意见。

3. 以优补劣法

以优补劣法，又叫补偿法。如果客户的反对意见的确切中了产品或公司所提供的服务中的缺陷，千万不可以回避或直接否定。明智的方法是肯定有关缺点，然后淡化处理，利用产品的优点来补偿甚至抵消这些缺点。这样有利于客户的心理达到一定程度的平衡，有利于客户做出购买决策。

当推销的产品质量确实有些问题，而客户恰恰提出："产品质量不好"。销售人员可以从容地告诉他："这种产品的质量的确有问题，所以我们才削价处理。不但价格优惠很多，而且公司还确保这种产品的质量不会影响您的使用效果。"

这样一来，既打消了客户的疑虑，又以价格优势激励客户购买。这种方法侧重于心理上对客户的补偿，以便客户获得心理平衡感。

4. 委婉处理法

销售人员在没有考虑好如何答复客户的反对意见时，不妨先用委婉的语气把对方的反对意见重复一遍，或用自己的话复述一遍，这样可以削弱对方的气势。有时转换一种说法会使问题容易回答得多。但只能减弱而不能改变客户的看法，否则客户会认为你在歪曲他的意见而产生不满。销售人员可以在复述之后问一下："你认为这种说法确切吗？"然后再继续下文，以求得客户的认可。例如，客户抱怨"价格比去年高多了，怎么涨幅这么高"，销售人员可以说"是啊，价格比起前一年确实高了一些"，然后再等客户的下文。

5. 合并意见法

合并意见法，是将客户的几种意见汇总成一个意见，或者把客户的反对意见集中在一个时间讨论。总之，要削弱反对意见对客户所产生的影响。但要注意不要在一个反对意见上纠缠不清，因为人们的思维有连带性，往往会由一个意见派生出许多反对意见。解决的办法是，在回答了客户的反对意见后马上把话题转移开。

6．反驳法

反驳法，是指销售人员根据事实直接否定客户异议的处理方法。从理论上讲，这种方法应该尽量避免。直接反驳对方容易使气氛僵化，使客户产生敌对心理，不利于客户接纳销售人员的意见。但如果客户的反对意见是产生于对产品的误解，而你手头上的资料可以帮助你说明问题时，不妨直言不讳。但要注意态度一定要友好而温和，最好是引经据典，这样才有说服力，同时又可以让客户感到你的信心，从而增强客户对产品的信心。反驳法也有不足之处，这种方法容易增加客户的心理压力，弄不好会伤害客户的自尊心和自信心，不利于成交。

7．冷处理法

对于客户一些不影响成交的反对意见，销售人员最好不要反驳，采用不理睬的方法是最佳的。千万不能客户一有反对意见，就反驳或以其他方法处理，那样就会给客户造成你总在挑他毛病的印象。当客户抱怨你的公司或同行时，对于这类无关成交的问题，应不予理睬，转而谈你要说的问题。

国外的推销专家认为，在实际推销过程中 80% 的反对意见都应该冷处理。但这种方法也存在不足，不理睬客户的反对意见，会引起某些客户的注意，使客户产生反感。而且有些反对意见与客户购买行为的关系重大，销售人员把握不准，不予理睬，有碍成交，甚至失去推销机会。因此，利用这种方法时必须谨慎。

任务实施

第一步：成立学习小组布置任务，组织和引导学生讨论并思考异议的类型。

第二步：将下列异议类型进行辨别。

① 这个产品不适合我。

② 价格太贵了。

③最近没有钱了，下个月再买。

④ 我从来不用这个东西。

⑤ 从来没在你家买过，不放心产品质量和服务。

第三步：讨论不同异议的处理方法，并设计情景进行排演。

第四步：结合学生作业情况进行总评。

任务五　收集客户信息，完善客户资料库

学习目标

※ **知识目标**

1. 学会整合客户信息。
2. 掌握把信息录入数据库。
3. 理解更新客户数据的重要性。

※ **技能目标**

1. 学会一些数据处理的方法。
2. 学会筛选、更新需要的数据。

案例描述

2.5 案例

迪克连锁超市是一家在美国威斯康星州乡村地区拥有八家分店的超级市场。它是一家成功的企业，它成功的武器是十分了解顾客的需求并为顾客提供优质的服务，这使它能够对付低价位竞争对手。

迪克连锁超市采用数据优势软件——一种由康涅狄格州的一家关系营销集团所开发的软件产品，对扫描设备里的数据加以梳理，即可预测出顾客什么时候会再次购买某些特定产品。接下来，该系统就会“恰如其时地”推出特惠价格。

在迪克连锁超市每周消费25美元以上的顾客每隔一周就会收到一份定制的购物清单。这张清单是由顾客以往的采购记录及厂家所提供的商品现价、交易政策或折扣共同得出来的。顾客购买时可以随身携带此清单，也可以将其放在家中。当顾客到收银台结账时，收银员就会扫描一下印有条形码的购物清单或者顾客常用的优惠俱乐部会员卡。无论哪种方式，购物清单上的任何特价商品都会被自动予以兑现，而且这位顾客在该店的购物记录会被刷新，生成下一份购物清单。迪克连锁超市还依靠顾客特定信息，跨越一系列商品种类把定制的促销品瞄准各类最有价值的顾客。

例如，非阿司匹林药品（如泰诺）的服用者可以被分成三组：选择全国性品牌、选择商店品牌和摇摆不定者。这三组中的每组顾客又可以根据低、中、高用量被分成三个次组。用量就代表着在某类商品中顾客对迪克连锁超市所提供的长期价值（仅在

这一个产品种类中，就有六个“模件”，产生出总共九种不同类型的顾客——这足以发动一次批量定制营销运动了）。

假设超市的目标是要把泰诺用户转变成商店品牌的用户，那么迪克连锁超市就会将其最具攻击性的营销活动专用于用量大的顾客，因为他们最有潜在价值。给予大用量顾客的初始折扣优惠远高于给予低用量和中等用量的顾客。促销活动的时间会恰好与每一位顾客独有的购买周期相吻合，而对这一点，迪克连锁超市通过分析顾客的以往购物记录即可做出合理预测。

顾客们十分喜欢迪克连锁超市的这种活动，因为购物清单准确地反映了他们要购买的商品。如果顾客养有狗或猫，迪克连锁超市就会给他们提供狗粮或猫粮优惠；如果顾客有小孩，他们就可以得到婴幼儿产品优惠，如尿布及婴幼儿食品；常买很多蔬菜的顾客会得到许多蔬菜类产品的优惠。当然，如果顾客不止在一家超市购物，他们就会错过迪克连锁超市根据其购物记录而专门为其提供的一些特价优惠，因为超市无法得知他们在其他地方买了些什么。但是，如果顾客所购产品中的大部分源于迪克连锁超市，他们通常可以得到相当的价值回报。因为比较忠诚的顾客常会随同购物清单一起得到价值为 30 ～ 40 美元的折价券。这样做的目的就是回报那些把他们大部分的日常消费花费在迪克连锁超市的顾客。这些行为在很大程度上提高了客户的忠诚度。

迪克连锁超市有时可以获取其他相关单位的赞助，如生产厂商会对绝大多数的打折商品给予补贴，这样可以尽量减少折扣优惠所造成的经济损失；反过来，这些单位可以分享迪克连锁超市不断收集到的顾客信息咨询，如生产厂家可以获得从极为详尽的销售信息中所发现的分析结果（消费者名字已去除）。这些销售信息的处理加工均是由这家关系营销集团进行的，这家公司不但提供软件产品，还提供扫描数据采掘服务。

迪克连锁超市并不是简单地处理客户信息，而是把这种客户信息与互动转变成一种学习型关系，让顾客认识到保持忠诚而非参与竞争对手所提供的类似活动对自己更为方便。

案例实战

通过对案例的学习，经过小组讨论，同学们分析以下问题，并完成小组讨论报告。

1．迪克连锁超市收集了客户的什么数据？

2．设计数据统计的表格。

3．对数据的分析会对我们的销售产生什么影响？

任务布置

同学们帮助苏小萌分析以下问题。

1. 能够从公司的猕猴桃销售面向的客户中提取什么有用信息？
2. 分析客户信息，能得到哪些有价值的信息？
3. 我们针对得出的结论开展哪些工作？
4. 整理分析客户信息有什么重要性？

任务分析

实际上客户信息管理是比较复杂的，是通过对客户详细资料的深入分析，来提高客户满意程度，从而提高企业的竞争力的一种手段。

有效的客户信息管理可以提高团队工作效率、提高客户数据监控能力、方便统计销售业绩，而客户信息又随时发生着改变，所以我们必须明白，客户信息的收集和整理是一个重要的、长期的、变化的事情。

各学习小组可以独立完成本次信息收集整理和分析。

相关知识

在当今客户为中心的环境中，良好的客户服务和客户体验至关重要。越来越多的企业通过挖掘客户数据提升客户关系，了解客户需求，满足客户个性化需求。

今天的客户关系管理数据分析能力已经不再局限于客户邮件、电话等数据，而是能够识别客户购买行为，了解客户情绪。客户关系管理系统会继续随着技术的创新得到提升。大数据和云计算为销售和市场人员带来了福音。更多的数据挖掘和数据分析技术会融合进来，提升企业的洞察力。随着越来越多的系统走向云端，开放其他线上服务和数据，客户关系管理软件会获得更多信息，提供更有意义的成果。

一、客户关系管理数据分析

任务 2.5

客户关系管理数据分析是指用适当的方法对数据加以详细研究和概括总结的过程，对收集来的大量数据进行分析，提取有用信息并形成结论。数据是商业活动的基础，也是商业活动的结果。电商企业在与客户建立关系的过程中形成了大量数据，为电商企业今后的运营并赢得市场提供了有价值的参考依据。随着数据挖掘技术日益成熟，客户关系管理应用不断深入，数据挖掘技术也会逐渐成为获取有价值信息的重要技术和工具。

从客户的数据得出市场行情的变化，让数据发挥最大价值，是客户关系管理当前研究的方向。对于电子商务企业来说，提供可视化的数据分析能够帮助各商家解决不少难题，如图 2-2 所示。

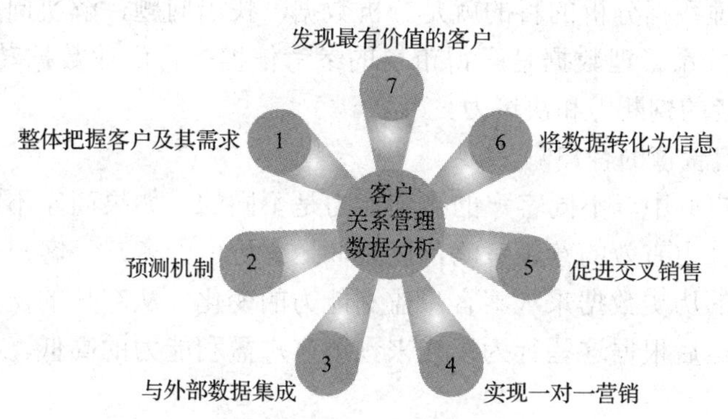

图 2-2　客户关系管理数据分析的作用

（1）整体把握客户及其需求

在某些情况下，数据能够揭示客户的需求及其接下来的购买计划。这正是客户关系管理数据分析的卓越之处，商家通过把握外部数据，如社交媒体数据、购买历史、商品趋势和最新发布等，与内部数据结合起来以提升洞察力。也许客户自己还没有意识到自己的需求，而商家已经预测到了。

（2）预测机制

随着大数据技术和分析技术的成熟，现在的系统可以根据现有数据预测客户未来的需求。通过预测模型，商家可以更好地了解客户需求。客户关系管理的预测模型还能够更深入地了解充分满足客户需求的商品。

（3）与外部数据集成

互联网包含大量的数据，而客户信息就在互联网上。商家需要广泛收集各种信息，如客户对品牌的反应、市场预测等，并将这些信息与内部客户关系管理数据结合起来，从而了解客户需求及客户对自己的商品和竞争者商品的印象。

（4）实现一对一营销

一对一营销，是指对客户展开针对性的营销，即了解第一个客户，并与其建立起持久关系。近年来，一对一营销正在被越来越多的商家所青睐。如果没有客户关系管理数据的支持（除非客户数量很少），相信没有哪个商家能够真正做好一对一营销。

（5）促进交叉销售

客户关系管理数据分析可以帮助商家分析出最优、最合理的销售匹配。例如，分析购买频率较高的商品组合，找出购买了组合中大部分商品的客户，并向他们推荐组

合中“遗漏的”商品；或者通过分析确定哪类客户经常购买哪些商品，把这类客户找出来，并向其推销这些商品。这就是所谓的交叉销售，把现有客户的价值最大化。

（6）将数据转化为信息

客户关系管理数据分析的目的就是分析数据，找出问题，解决问题，最后为客户提供价值。客户关系管理数据是赢得市场的参考依据，将商业数据转化为商业信息，有利于提升管理者的判断力和决策力。

（7）发现最有价值的客户

在商家的客户群中，不同客户的盈利能力是不同的。如果商家不能区分客户的盈利能力，就很难制定有效的营销策略，以获取最有价值的客户。客户关系管理数据分析可以根据客户的历史数据来观察客户盈利能力的变化，从客户的交易历史记录中发现其行为模式，然后根据这些行为模式来预测客户盈利能力的高低，帮助商家发现最有价值的新客户。

二、客户关系管理数据分析指标

数据统计分析工作要想顺利进行，离不开合理的数据处理方式和分析指标的支持，合理的数据分析指标有利于业务人员对数据的理解。因此，在开展数据分析之前需要建立科学、合理的统计口径及数据分析指标。客户关系管理常用的数据分析指标的统计口径如表 2-14 所示。

表 2-14　客户关系管理常用的数据分析指标的统计口径

统计口径	口径释义
成交订单	客户下单并成功付款的订单
未成交订单	客户下单却未付款的订单
关闭订单	下单后买家 / 卖家主动关闭，或因超过支付时间被系统自动关闭的订单
有效成交订单	有效购买商品（非购买赠品、邮费或补差价）的订单
无效订单	非购买商品，而是购买赠品、邮费或补差价的订单
有效购买	客户在一天内一笔或多笔有效成交的订单
成交客户	产生过成交订单的客户
有效客户	产生过有效成交订单的客户
潜在客户	产生过未成交订单、关闭订单或无效订单的客户
新客户	一定时间段内，在有效客户中产生过一次有效购买的客户
回头客（重复购买客户）	在店铺内产生过两次（或多于两次）有效购买的客户
老客户	一定时间段内，在有效客户中产生过有效购买的客户

在电子商务中，客户关系管理常用的数据分析指标主要包括客户消费行为指标、商品购买指标及店铺购买指标三个方面，具体的数据分析指标如表 2-15 所示。

表 2-15　客户关系管理数据分析指标

数据分析指标		指标释义
客户消费行为指标	客单价	在一定时间段内，每个客户消费的平均价格
	最近一次消费	客户最近一次的购买时间
	购买次数	客户在一定时间段内产生的有效成交订单的数量
	累计购买次数	客户产生的所有有效成交订单的数量
	购买金额	一定时间段内，客户产生所有有效成交订单的有效购买金额
	累计购买次数	客户产生的所有有效购买的次数
	一次回购周期	客户产生第二次有效购买距离第一次有效购买的时间间隔（以“天”计算）
	N 次回购周期	客户产生第 *N*+1 次有效购买距离第 *N* 次有效购买的时间间隔（以“天”计算）
	客户回购周期	客户重复购买的平均时间间隔，即在采用“交易按天合并”的算法下，计算客户每次重复购买距离上一次购买的时间间隔。如果每个客户有 *N* 次购买记录，意味着客户会有 *N*–1 个回购周期，取 *N*–1 个回购周期的平均值，就可以得到这个客户的客户回购周期
商品购买指标	商品新客户	对某款商品产生过一次有效购买的客户
	商品回头客	对某款商品产生过两次及以上有效购买的客户
	商品重复购买率	重复购买率有两种计算方法：第一种算法是，所有购买过商品的客户，以每个人为独立单位重复购买产品的次数，如有 10 个客户购买了商品，五个产生了重复购买，则重复购买率为 50%；第二种算法是，单位时间内重复购买的总次数占比，如 10 个客户购买了商品，有三个产生二次购买，这三人中的一个人又产生了三次购买，则重复购买次数为四次，重复购买率为 40%
	商品一次回购周期	客户第二次有效购买某商品距离第一次购买该款商品的时间间隔（以“天”计算）
	商品 *N* 次回购周期	客户第 *N*+1 次有效购买某商品距离第 *N* 次有效购买该款商品的时间间隔（以“天”计算）
	商品平均回购周期	所有重复购买某商品的客户回购周期的平均值
	品类新客户	在某品类商品上产生过一次有效购买的客户
	品类回头客	在某品类商品上产生过二次（或二次以上）有效购买的客户
	品类一次回购周期	客户第二次购买某品类商品的时间距离第一次购买该品类商品的时间间隔（以“天”计算）
	品类 *N* 次回购周期	客户第 *N*+1 次购买某品类商品的时间距离第 *N* 次购买该品类商品的时间间隔（以“天”计算）
店铺购买指标	店铺重复购买率	以一定时间段内店铺内产生的所有有效成交订单计算，店铺重复购买率 = 重复购买的客户数 /（重复购买的客户数 + 新客户数）
	有效客户比例	产生有效购买的客户在店铺总客户人数中的占比

下面对几个指标进行重点介绍。

1．回头客

回头客是指在店铺的购买次数大于一次的客户，回头客本身不受时间的限制。例如，我们要统计店铺今年回头客的数量，有一个客户去年在店铺内产生第一次购买，今年在店铺内产生第二次购买，那么该客户应该被计算入今年的回头客里面。

判定回头客时需要考虑一种特殊情况：如果一个客户在一天内购买了多个订单，那么这个客户究竟算不算回头客呢？从购买场景的角度考虑，第一个订单之后的订单可能是补充购买第一个订单漏买的商品，也可能是为了凑“满减”活动而拆分成两个或多个订单下单，在这种场景下，大部分商家将这种交易算作是一次购买行为。因此，在判断回头客时存在两种处理标准，如图 2-3 所示。

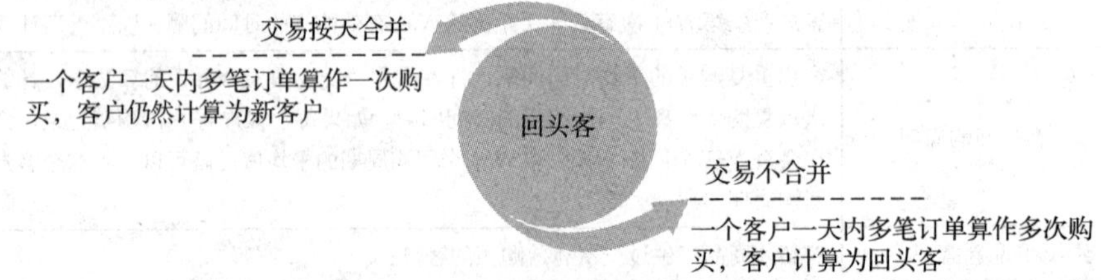

图 2-3　判断回头客的标准

采用“交易按天合并”算法计算得出的回头客的数量比采用“交易不合并”算法得出的数量要少，但是更准确，因此一般推荐商家使用“交易按天合并”的算法来计算回头客。下面采用的就是“交易按天合并”的算法。

表 2-16 中总共出现了六个客户的交易记录，如果按照该“交易按天合并”算法来计算回头客的人数，该店铺的回头客有香蕉、雪人、诺诺三人。由于小章的两笔订单都是同一天下的，所以应该算作一次购买，小章为新客户；如果按照“交易不合并”算法来计算回头客单的人数，小章应该属于回头客，该店铺的回头客共有四人。

表 2-16　某店铺订单记录

客户昵称	购买时间	订单金额 / 元
香蕉	2017 年 5 月 6 日	65.6
香蕉	2018 年 1 月 25 日	100
香蕉	2018 年 4 月 3 日	95
雪人	2017 年 6 月 7 日	65.45
雪人	2017 年 6 月 18 日	97.55
雪人	2018 年 1 月 3 日	155.45

续表

客户昵称	购买时间	订单金额 / 元
诺诺	2016 年 8 月 4 日	131.95
诺诺	2016 年 12 月 24 日	211.55
诺诺	2017 年 10 月 13 日	56.7
诺诺	2017 年 12 月 4 日	29.9
诺诺	2018 年 3 月 13 日	45.8
追风少年	2017 年 6 月 5 日	36.9
小章	2018 年 1 月 4 日	139
小章	2018 年 1 月 4 日	21
小胖	2017 年 12 月 9 日	148.68

2. 重复购买率

重复购买率是指客户对某店铺、品牌、商品或服务的重复购买比例，重复购买率越高，反映出消费者对店铺、品牌、产品、服务的忠诚度越高，客户黏性越强，反之则越差。

常见的计算重复购买率的方式有以客户为对象的重复购买率和以订单为对象的重复购买率计算。

（1）以客户为对象的重复购买率的计算

在一定的时间范围内，重复购买率＝重复购买的客户数 / 购买客户数。例如，某店铺 2017 年共有 10 000 个客户在店铺内消费，其中 2 000 个客户消费的次数大于两次（交易按天合并处理），那么该店铺 2017 年的重复购买率计算公式为

2017 年重复购买率 =2 000/10 000=20%

同样的公式，如果去掉了时间范围的限制就变成了历史重复购买率，分子就变成了回头客，即

重复购买率＝回头客 / 所有客户

根据表 2-16 中的订单记录，店铺的回头客为香蕉、雪人、诺诺三个人，而客户总数为六个人，所以该店铺以客户为对象的重复购买率为 50%。

（2）以订单为对象的重复购买率的计算

在一定的时间范围内，重复购买率＝重复购买的订单数 / 购买订单数。例如，某店铺 2017 年共产生了 10 000 个订单（交易不合并），其中 2 000 个客户购买了第二笔订单，这 2 000 人中有 1 000 人购买了第三笔订单，那么该店铺 2017 年的重复购买率计算公式为

2017 年重复购买率＝（购买两次的订单＋购买三次的订单＋…＋购买 *N* 次的订单）/ 所有订单

＝（1 000＋2 000）/10 000=30%

同样，根据表 2-16 中的订单记录，香蕉回头购买两单，诺诺回头购买四单，雪人回头购买两单，而店铺按天合并后一共有 14 个订单，那么该店铺以订单为对象的重复购买率的计算方法为（2+4+2）/14=57.14%。

与以客户为对象的重复购买率相比，以订单为对象的重复购买率的数值要更大，因为它不仅包括了两次重复购买率，而且三次、四次……都被包含在计算中，这是它的优势。但是，由于它以订单为计算对象，对于一些重复购买率存在两极分化（新客户两次复购率低，老客户重复购买次数很多）现象的店铺来说，往往这个指标很高，无法真实地反映出店铺的重复购买情况。另外，店铺存在的部分刷单、分销商多次购买的异常数据也很容易导致这个重复购买指标的失真。因此，在日常计算中更多地建议商家使用以客户为对象来计算重复购买率。

（3）客户回购周期

客户回购周期是指客户重复购买的平均时间间隔，即在采用“交易按天合并”的算法下，计算客户重复购买距离上一次购买的时间间隔。如果每个客户有 N 次购买记录，意味着客户会有 $N-1$ 个回购周期，取 $N-1$ 个回购周期的平均值，就可以得到这个客户的客户回购周期，而店铺的平均回购周期即是所有回头客的客户回购周期的平均值。

表 2-17 所示为某店铺客户订单记录。

根据表 2-17 中的订单记录，客户阿平一共有两次重复购买记录，其中第二次购买发生在 2016 年 11 月 11 日，距离第一次购买时间（2016 年 7 月 3 日）间隔 131 天，第三次购买发生在 2017 年 8 月 1 日，距离第二次购买时间间隔 263 天，由此可以计算出客户阿平的客户回购周为（263+131）/2=197。用同样的方法可以计算出客户草莓的回购周期为 92.5 天，客户 Lucky 的回购周期为 21.5 天。有了店铺中每个回头客的客户回购周期，就可以计算出店铺平均回购周期为（197+92.5+21.5）/3=103.7 天。

表 2-17　某店铺客户订单记录

客户昵称	购买时间	订单金额 / 元	客户回购周期 / 天
阿平	2016 年 7 月 3 日	26.5	—
阿平	2016 年 11 月 11 日	102.65	131
阿平	2017 年 8 月 1 日	45.65	263
草莓	2017 年 4 月 16 日	85.9	—
草莓	2017 年 10 月 18 日	121.5	185
草莓	2017 年 11 月 1 日	132	14
草莓	2018 年 3 月 5 日	211.54	124
草莓	2018 年 4 月 21 日	156	47
Lucky	2017 年 11 月 11 日	39.9	—

续表

客户昵称	购买时间	订单金额 / 元	客户回购周期 / 天
Lucky	2017 年 11 月 22 日	125.3	11
Lucky	2017 年 12 月 24 日	56.8	32

（4）商品回购周期

商品回购周期是指客户重复购买同一件商品的平均时间间隔。在计算商品回购周期的过程中，需要注意以下两个细节。

1）对于有不同容量（规格）SKU（stock keeping unit，库存量单位）的商品而言，重复购买周期应该按照SKU分开计算。例如，一款爽肤水有50毫升和100毫升两种规格，由于商品容量决定着商品的使用周期，会直接对客户重复购买周期产生影响，所以需要分开计算。

2）商品回购周期区别于客户回购周期，需要根据购买商品的件数计算周期。例如，某客户第一次购买了两瓶 50 毫升（或者一瓶 100 毫升）的爽肤水，并且在 60 天后重复购买该款爽肤水，意味着客户消耗 100 毫升爽肤水的周期为 60 天，该 50 毫升爽肤水的重复购买周期为 30 天。

具体的计算公式为商品回购周期 =（第 N+1 次购买时间 - 第 N 次购买时间）/ 第 N 次购买的件数。

表 2-18 列举了某店铺部分客户订单记录。

表 2-18　某店铺部分客户订单记录

客户昵称	商品	购买时间	购买量 / 件
阿平	B	2017 年 11 月 4 日	1
阿平	B	2018 年 2 月 13 日	2
阿平	B	2018 年 4 月 5 日	1
草莓	A	2017 年 8 月 16 日	2
草莓	A	2017 年 11 月 18 日	2
草莓	A	2017 年 12 月 8 日	2
草莓	A	2018 年 2 月 5 日	2
草莓	A	2018 年 4 月 19 日	1
Lucky	C	2017 年 5 月 11 日	1
Lucky	C	2017 年 10 月 22 日	1
Lucky	C	2017 年 11 月 24 日	1

根据表 2-18 中的订单记录，阿平由于第一次购买了 B 产品一件，根据商品回购周期的计算公式计算得出阿平首次回购 B 商品的周期是 100 天，而阿平第二次回购 B 商品的周期是（2018 年 2 月 13 日～ 2018 年 4 月 5 日）/2=25.5 天。通过将 B 商品的所有客户的商品回购周期取平均值，可以得出该商品的平均回购周期。

任务实施

第一步：布置任务，组织和引导学生讨论并思考数据整理分析的重要性。

第二步：使用 Excel 练习使用常用函数，并对数据做出说明。

第三步：针对不同的数据分析客户特征。

第四步：结合学生讨论结果进行总评。

项目三

售后与客户的关系

情景引入

苏小萌现在转到了售后部门，与售中客服部门相比，她在这里又有了不同的体会。在来这之前，她从来不知道原来把商品卖出去以后还有那么多问题需要解决。

“快递都失踪在半路上了吗？”

“你们发货前好好检查一下好吗？都坏掉了！”

“不说了，退钱！什么原因？什么原因你不知道吗？”

“什么口味这是？欺骗消费者啊？我要投诉你！”

“这个质量是不是有问题？”

“哦，你们客服是什么态度？”

“为啥不能退？我吃了？我不吃怎么知道不好吃？”

“为什么同是老客户，他购买时的价格就比我便宜？”

……

这种种问题让小萌焦头烂额，不得不借助大家的力量才能一次次处理好这些事情。在售后这个环节，我们需要注意什么呢？

任务一 危机处理

学习目标

※ **知识目标**

1．了解客户不满。

2．了解客户投诉产生的原因。

3．掌握解决客户投诉的对策。

4．掌握解决客户投诉的技巧。

※ **技能目标**

1．能分辨客户投诉产生的原因。

2．能灵活处理客户投诉问题。

案例描述

3.1 案例

一个周末的中午，在一家空调销售店铺中，一阵吵闹声由远及近。

"你们店长呢，我找你们店长。哪有这样的事，这么热的天修了两次都没修好，还要我等什么配件两个月，不行，我不仅要退货，还要投诉你们。"顾客声音高亢，忿忿不平。

话音未落，客服受理员紧跟在顾客夫妇二人后面，走进了店里。

"你们好，我是这里的店长，请问有什么可以帮到您？"店长站了起来伸出右手迎接顾客。可是，顾客任由店长的手悬在半空中，兀自坐下。

"你就是店长啊，你们的服务怎么回事？我们家刚买的空调就不制冷。修了两次都没修好，你们的师傅竟然说什么要我们等两个月的配件。当时，就是太相信你们了，没想到会这样，真气人……"

"是这样啊，这是工厂的产品质量问题，我们会马上跟工厂联系，催他们要配件。"

"什么时候，你别推辞啊。我不管，我是在你们这里买的，要么明天前给我修好，要么退货。"顾客刚刚有点平静的情绪突然又爆发了出来。

"麻烦你们理解一下，根据三包规定你们的情况不属于退换货的条件；我马上打电话催工厂尽快把配件寄过来，第一时间上门给你们维修。"店长恳切地说。

“给谁维修？你是不是店长，不要推卸责任，我们要退货。”顾客抓了店长的一个语病，情绪激烈地说。

“他是这个店的店长，我是我们公司的采购经理，这是我的名片。”这时经理走过来，分别拿出两张名片，准备递给他们。可是，经理的手举了很久，顾客也不接。

“是这样的。如果我是您的话，也会非常生气。产品的质量是很好的，只有2%的故障率，谁想到恰恰摊到了您头上。”经理充满同情和惋惜地说。

“就是的呀！说起来你能作主吗？”顾客边接经理的名片边说。

“我负责这边的采购，工厂都归我管。这是我的名片，如果你们对我的处理不满意，可以给我们总部打电话投诉我。我们是投诉即下岗的。”经理边说边指着名片给他们看。

“那好吧，你说怎么办。”那位女顾客说。

“大姐，希望你给我三天的时间，我保证把你们家所需要的配件催过来。另外，还会安排最优秀的维修师傅上门把你们家空调一次性修好。如果做不到，我保证给你们退货，你们也可以打电话到我们总部投诉我，你们看好吗？”

“那好，看在你的面子上，给你们一个机会。”顾客起身欲走。

“请稍等一下，喝点水吧，天这么热，有空调用不了，真难为你们了。小滕你过来。”经理把顾客安顿下来，把小滕拉到一边，告诉她说：“到楼下超市买一箱可乐过来，给顾客拿走。”

经理回到办公室和顾客聊了一下：×× 空调是名牌，销售12年领军全国，他们的眼光很好，只不过运气不佳，但是也许是好事多磨呀。顾客夫妇神态轻松，时而笑出声来。

小滕把可乐送了过来，经理递给男顾客说：“先生，实在不好意思，给你们添麻烦了，这是一点小意思，请您收下。”

“不用，不用，找你们办事还……”顾客忙不迭地推辞着。

经理让小滕把顾客的资料调出来，并打了一个电话给售后部长，要求他向工厂落实配件的问题，并在三天内上门。

第三天上午经理发了个短信询问他们家的空调有没有修好，对师傅的服务技术的态度是否满意，回信是：“非常感谢，×× 的服务值得信赖！”

案例实战

通过对案例的学习，同学们分析以下问题。

1. 空调店面对的客户投诉类型是什么？
2. 经理是怎样进行处理的？
3. 从这个案例中，我们可以得到关于处理客户投诉的什么启示？
4. 请小组完成讨论报告。

任务布置

同学们帮助苏小萌分析以下问题。

1. 公司的猕猴桃在销售时会引起哪些不满？
2. 预设会产生什么样的投诉。
3. 我们应该怎样面对投诉，解决客户的问题？

任务分析

客户投诉已经成为企业日常经营管理当中常有的现象，而客户投诉处理不当往往会给企业带来危机。因而，企业需要重视客户投诉的处理，同时企业的客户服务人员需要具备处理客户投诉的技能：企业要积极认识客户投诉，并分析客户投诉产生的原因，并以此找到处理客户投诉的对策，并在处理过程中运用客户投诉处理的技巧。

各学习小组可以独立完成本次信息收集和情景模拟。

相关知识

所谓客户投诉，是指客户对企业产品质量或服务上的不满意，而提出的书面或口头上的异议、抗议、索赔和要求解决问题等行为。

客户投诉是客户与企业矛盾的直接表现，是客户对企业市场行为的置疑。客服人员巧妙处理客户投诉可以帮助企业提升形象，可以帮助企业发现隐藏的商机，令人满意的客户投诉处理，甚至还可以培养客户的忠诚度。

因此，我们要正确看待客户投诉，将客户投诉转变为企业收益前提，并从中挖掘对企业的价值。

一、处理客户的不满

任务 3.1（1）

1．正视客户的不满

在销售过程中，我们经常会听到客户的抱怨，如价格高、服务差、质量一般……客户的抱怨就是客户不满意的一种表现。

出现了客户不满意，对于企业来讲不一定是坏事。客户表现出了不满正是给企业带来与客户深入沟通、建立客户忠诚的机会。同时，一切新产品的开发、新服务的投入，无一不是对消费者需求的一种满足，而这些潜在需求往往表现在客户的购买意愿和消费感觉上。商家要通过对客户的牢骚、投诉、退货等不满意举动的分析来发现新的需求，提升企业自身的服务水平。

（1）客户不满中含有商机

客户对产品的不满往往蕴含着巨大的商机，正确分析客户的不满可以使商家更容易抓住商机，提高业绩。

（2）客户的不满是创新的源泉

企业如果能够通过客户的不满发现和解决客户并没有提出的问题，客户则一定会对这样的产品积极响应。

（3）客户的不满使企业的服务更加完善

客户要求越来越高，如买东西要求送货上门，买电器要求安装妥当，买电脑软件要求教会使用，一步没做好就会引起不满。但是，这种曾经让人觉得“无理”的要求，如今已成为商家争夺客户的法宝。客户对商家服务的不满意，往往正是商家服务的漏洞所在，完善服务的漏洞，会使自身的服务更完美。

2．辨别客户不满

企业要针对客户的申诉，迅速查找出引起客户不满的真实原因，才能在处理过程中做到心中有数，有的放矢。

（1）分清恶意不满

随着市场竞争的白热化，企业间竞争的手段也越来越复杂。不可否认，有些企业会利用客户不满向竞争对手发动攻击。

（2）认准善意不满

大多数客户投诉确实是对企业的产品或服务感到不满，认为企业的工作应该改进，其出发点并无恶意。不满完全是由企业工作失误或客户与企业之间沟通不畅造成的。对于这些客户不满，企业若经过认真处理，则可以增加客户的忠诚度。

3．平息客户不满

平息客户不满有以下几种方式。

（1）让客户发泄

1）闭口不言。最好的办法是保持沉默，而不是打断客户的发泄让情况变得更糟。但也要让客户知道你在听他们说。

2）仔细聆听。任何解决冲突的关键都在于你能否倾听客户的讲话。客户是聪明的、有直觉的，他们会感觉到你是在敷衍还是在真正地为他解决问题，因此一定要倾听他们的抱怨。漠视客户的痛苦是没有认真倾听客户讲话的明显标志。

（2）充分道歉

1）说声抱歉。一句道歉就可能平息客户心中的怒火，即使错误不是你造成的，也

应该道歉，因为这代表公司形象。

2）让客户知道你已经了解他的问题。要使客户获得满意，你对问题的理解度就要和客户相符，这一点需要你用自己的话重复客户所遇到的问题，让客户知道你已将问题记录下来，并明白他的意思。

（3）收集信息

1）提问的作用。通过提问，你可以从客户那里得到一些特别的信息，而这些或许是客户恰恰忘了告诉你的，这样做可以明白客户到底需要什么。

2）问什么样的问题。了解身份的问题；描述性问题；澄清性问题；有答案可选的问题；结果问题；询问其他要求的问题。

3）问足够多的问题。你必须问与整个事件有关的问题，听客户的回答，而避免自己去下结论。

4）倾听客户的回答。如果你只是听到而没有真正去倾听客户的话，他会更恼火。因此，应该花 80% 的时间去听，让客户去讲，这有助于为客户提供正确的解决方法。

（4）给出解决方案

你需要拿出一个双方均认可、接受的解决方案。无法弥补时，需做出补偿性关照。补偿性关照是你所采取的具体行动，目的是让客户知道你所犯的错误不会再次发生，你会很在意与他们保持业务联系。这是在感情上给予客户一种弥补和安抚，是不得已而为之的，不能代替整个服务。

（5）询问客户意见

抱怨的客户不是需要你处理问题，而是需要你解决问题，所以对于你的处理方案，客户不一定觉得是最好的解决办法，这时你一定要询问客户希望问题如何解决。

（6）跟踪服务

如果想让你的服务达到优秀，而不仅仅是良好，还应进行跟踪服务。

跟踪服务的益处是强调你对客户的诚意，深深地打动你的客户，让客户印象深刻，加强客户的忠诚度。

二、处理客户投诉

任务 3.1（2）

随着网络时代的到来，越来越多的人选择在网络平台购物，但与此同时，电商消费类的投诉也越来越多。

客户投诉是每一个企业都会遇到的问题，它是客户对企业管理和服务不满的表达方式，也是企业有价值的信息来源，它为企业创造了许多机会。因此，如何利用处理客户投诉的时机来赢得客户的信任，把客户的不满转化为客户满意，锁定他们对企业和产品的忠诚，获得竞争优势，已成为企业营销实践的重要内容之一。

1．积极认识客户投诉

（1）阻止客户流失

现代市场竞争的实质就是一场争夺客户资源的竞争。但由于种种原因，企业提供的产品或服务会不可避免地低于客户期望，造成客户不满意，客户投诉是不可避免的。向企业投诉的客户一方面要寻求公平的解决方案，另一方面说明他们并没有对企业绝望，希望再给企业一次机会。美国运通公司的一位前执行总裁认为："一位不满意的客户是一次机遇。"

相关研究进一步发现，50% ～ 70% 的投诉客户，如果投诉得到解决，他们还会再次与公司做生意；如果投诉得到快速解决，这一比重会上升到 92%。因此，客户投诉为企业提供了恢复客户满意的最直接的补救机会，鼓励不满客户投诉并妥善处理，能够阻止客户流失。

（2）减少负面影响

不满意的客户不但会终止购买企业的产品或服务，转向企业的竞争对手，而且还会向他人诉说自己的不满，给企业带来非常不利的口碑传播。据研究发现，一个不满意的客户会把他们的经历告诉其他至少九名客户，其中 13% 的不满客户会告诉另外的 20 多个人。研究还表明，公开的攻击会比不公开的攻击获得更多的满足。一位客户在互联网宣泄自己的不满时写道："只需要五分钟，我就向数以千计的客户讲述了自己的遭遇，这就是对厂家最好的报复。"

然而，如果企业能够鼓励客户在产生不满时向企业投诉，为客户提供直接宣泄的机会，使客户的不满和宣泄处于企业控制之下，就能减少客户寻找替代性满足和向他人诉说的机会。许多投诉案例表明，客户投诉如果能够得到迅速、圆满的解决，客户的满意度就会大幅度提高，客户大多会比失误发生之前具有更高的忠诚度。不仅如此，这些满意而归的投诉者，有的会成为企业的义务宣传者，即通过这些客户良好的口碑鼓动其他客户也购买企业产品。不满意客户的行动选择如表 3-1 所示。

表 3-1 不满意客户的行动选择

客户类型（不满意的客户）	客户保持比例（行动选择）
不投诉的客户	9%（91% 的客户不会再回来）
投诉过但没有得到解决	19%（81% 的客户不会再回来）
投诉过但得到了解决	54%（46% 的客户不会再回来）
投诉迅速得到了解决	82%（18% 的客户不会再回来）

注：这里的客户是指虽然进行投诉（损失超过 100 美元）但还会继续购买商品的客户；其中 4% 的不满意客户会向企业投诉，96% 的不满意客户不会向企业投诉。

（3）免费的市场信息

投诉是联系客户和企业的一条纽带，它能为企业提供许多有益的信息。丹麦的一家咨询公司的主席说："我们相信客户的抱怨是珍贵的礼物。我们认为客户不厌其烦地提出抱怨、投诉，是把我们在服务或产品上的疏忽之处告诉我们。如果我们把这些意见和建议汇总成一套行动纲领，就能更好地满足客户的需求。"研究表明，大量的工业品的新产品构思来源于用户需要，客户投诉一方面有利于纠正企业营销过程中的问题与失误，另一方面还可能反映企业产品和服务所不能满足的客户需要，仔细研究这些需要，可以帮助企业开拓新市场。

从这个意义上说，客户投诉实际上是常常被企业忽视的一个非常有价值且免费的市场研究信息来源，客户的投诉往往比客户的赞美对企业的帮助更大，因为投诉表明企业还能够比现在做得更好。

（4）预警危机

一些研究表明，客户在每四次购买中会有一次不满意，而只有 5% 以下的不满意客户会投诉。所以如若将公司的不满意客户比喻为一座冰山的话，投诉的客户则仅是冰山一角，不满意客户这个冰山的体积和形状隐藏在表面上看起来平静的海面之下；只有当公司这艘大船撞上冰山后才会显露出来，如果在碰撞之后企业才想到补救，往往为时已晚。所以，企业要珍惜客户的投诉，正是这些线索为企业发现自身问题提供了可能。

例如，从收到的投诉中发现产品存在严重质量问题，而收回产品的行为表面看来损害了企业的短期效益，但是避免了产品可能给客户带来的重大伤害，以及随之而来的严重的企业与客户之间的纠纷。事实上，很多的企业正是从投诉中提前发现严重的问题，然后进行改善，从而避免了更大的危机。

2. 客户投诉产生的原因

（1）企业自身的因素

1）产品质量无法满足客户的要求。良好的产品质量是塑造客户满意度的直接因素，对于服务这种无形产品也是这样。对于服务的质量评估不但贯穿了客户从进入到走出服务系统的全部经历过程，还会延伸到客户对服务所产生的物质实际使用的过程中。例如，一个客户在超市选购商品，一方面，能不能在超市中以合适的价格顺利地买到质量合格的商品，是决定客户是否满意的主要判断标准；另一方面，即使商品的质量没有问题，但如果在使用的过程中，客户发现使用该商品得到的效果并不是像他自己想象的那样，他也会对整个超市的服务产生不满，进而产生抱怨。

2）服务无法达到客户的要求。服务是一种经历，在服务系统中的客户满意与否，往往取决于某一个接触的瞬间。例如，服务人员对客户的询问不理会或回答语气不耐烦、敷衍、出言不逊，结算错误，让客户等待时间过长，公共环境卫生状态不佳，安全管理不当，店内音响声音过大，服务制度（如营业时间、商品退调、售后服务及各种惩罚规则）等，都是造成客户不满、产生抱怨的原因。

3）对客户期望值管理失误。服务企业对客户期望值管理失误，导致客户对于产品或服务的期望值过高。在一般情况下，当客户的期望值越大时，购买产品的欲望相对就越大。但是当客户的期望值越大时，就会使客户的满意度越小；客户的期望值越小时，客户的满意度相对就越大。因此，企业应该适度地管理客户的期望。当期望值管理失误时，就容易导致客户产生抱怨。

（2）客户的因素

1）弥补损失。客户往往出于两种动机提出投诉：一是为了获得财务赔偿，如退款或者免费再次获得该产品及服务作为补偿；另一种是挽回自尊，如当客户遭遇不满意产品、服务，不仅承受的是金钱损失，还经常伴随着遭遇不公平对待，对自尊心、自信心造成伤害。

2）性格的差异。不同类型客户对待“不满意”的态度不尽相同：理智型的客户遇到不满意的事，不吵不闹，但会据理相争，寸步不让；急躁型的客户遇到不满意的事必定投诉且大吵大闹，不怕把事情搞大，最难应对；忧郁型的客户遇到不顺心的事，可能会无声离去，决不投诉，但永远不会再来。

（3）环境因素

环境因素是指客户与企业所不能控制的，在短期内难以改变的因素，包括经济、政治法律、社会文化、科学技术等方面。

1）文化背景。在不同的文化背景下，人们的思维方式、做事风格有别，因此客户投诉行为也存在差异。在集体主义文化中，人们的行为遵从社会规范，追求集体成员间的和谐，不喜欢在公众场合表露自己的情感，尤其是负面的；对事物的态度取决于是否使个人获得归属感，是否符合社会规范，能否保持社会和谐。因此，他们更倾向私下抱怨。而在个人主义文化中，人们追求独立和自足，喜欢通过表现自己的与众不同来表达自己的内心感受，来实现自我尊重。因此，他们更倾向于投诉。由此可见，文化背景对投诉行为的影响是影响客户的观念，如对投诉的态度。

2）其他环境因素。除了文化背景和行业特征之外，一个国家或地区的生活水平和市场体系的有效性、政府管制、消费者援助等都会影响客户的投诉行为。

3. 解决客户投诉问题的对策

解决客户投诉可以从以下几个方面进行。一是客户未投诉时，企业应加强自身产品和服务的质量管理，以及企业内部文化和机制的建设，确保客户满意，减少投诉的

产生；二是投诉产生的时候，企业应积极处理客户投诉，尽最大可能让客户满意；三是投诉发生后，企业在处理投诉时应注意的问题。

（1）减少投诉的产生

1）销售优良的商品。提供优良而安全的商品给客户，这是预防客户投诉的基本条件。这主要包括：①在经过充分市场调研的基础上，订购、制造优良而且能满足客户需求的商品；②切实掌握产品的材料及保存方法等知识，以便在销售中能为客户提供更多的相关知识；③如果商品存在缺陷，一定要更新，杜绝不良商品流入客户手中，造成客户不满，引起投诉。

2）提供良好的服务。这主要包括：①服务人员素质的高低、技能和态度的好坏，是影响企业服务水准的最重要的因素。因此，提供优良的服务首先应从服务人员抓起。做好上岗培训，培训可采用“ASK”培训法，包括 attitude（态度）、skill（技巧）、knowledge（知识），即有关服务的态度、技巧、知识的培训。②举办各种业务竞赛活动，促进服务人员整体服务水平的提高。③注意安全。如果客户在服务场所发生意外并受伤，企业的责任也是无法推卸的，所以要注意服务场所的安全工作。

3）加强投诉处理的培训。企业服务人员处理客户投诉的能力，与投诉事件是否得以有效解决有非常大的关系。首先，应在企业员工中树立客户完全满意的观念、对员工进行培训，让他们积极了解企业的运转，企业的业务使命、战略整体目标，明确个人对客户的态度直接影响企业的形象和最终的利润。其次，员工要掌握工作技术技能和沟通技能，熟练的技术技能是提供客户满意的产品和服务的前提，如果直接与客户接触的员工技术不过硬，就会影响客户所感知到的产品和服务的质量，降低客户的满意度。客户管理工作需要经常与客户直接打交道，企业内部也需要不同部门人员共同协作，所以掌握一定的沟通技巧对员工也是非常重要的，企业应有计划地对一部分员工，特别是与客户经常接触的一线员工进行培训，使之掌握一定的沟通技能。最后，应树立“内部客户”的观念，企业各部门之间，员工之间要相互协作，上一道工序应把下一道工序当成“内部客户”，一线员工只有得到企业其他人员及部门的支持才能为最终的外部客户提供优良的产品和服务。

4）围绕“客户完全满意”建设新的企业文化。客户投诉管理作为企业内部的一项活动，它的有效进行通常需要企业内部大多数部门的参与。所以强调重视客户需求，以客户满意为目标的价值取向必须得到企业所有员工的认同，而这种认同必须建立在“以客户满意为中心”的企业文化基础之上。

（2）有效处理客户投诉

任何一个投诉都不是孤立存在的，都可能与企业的结构、流程、研发、销售和服务甚至外部，宏观、微观市场环境变化有关。

1）为客户投诉提供便利。企业应该为客户投诉提供便利条件，鼓励客户投诉，从而使企业能够重新审视产品、服务、内部资源管理等一系列问题，找出其中的不足，有则改之，无则加勉。这主要包括：①制定明确的产品和服务标准及补偿措施。企业通过制定产品和服务标准，可以使客户明确自己购买的产品、接受的服务是否符合标准，是否可以投诉及投诉后所得到的补偿。企业执行上述标准的过程中，还能在客户投诉之前对产品和服务的缺陷采取相应补偿措施。②引导客户怎么投诉。企业应在有关宣传资料上详细说明客户投诉的方法，包括投诉步骤、向谁投诉、如何提出意见和要求等，以鼓励和引导客户向企业投诉。③方便客户投诉。企业应尽可能降低客户投诉的成本，减少其花在投诉上的时间、精力、金钱与心理成本，使客户的投诉变得容易、方便和简捷。④企业可以设立免费投诉电话或意见箱，建立投诉的制度。另外，还可以专门设立投诉基金，实行有奖投诉。

2）建立处理客户投诉的机制。全力解决客户投诉的关键是要建立起灵活处理客户投诉的机制，包括以下几点。①制订雇员雇佣标准和培训计划。这些标准和培训计划充分考虑了雇员在碰到公司服务或产品使客户不满意时应试做的善后工作。②制定善后工作的指导方针，目标是实现客户公平和客户满意。③去除那些使客户投诉不方便的障碍，降低客户投诉的成本，建立有效的反应机制，包括授权给一线员工，使他们有权因公司有瑕疵的产品和服务向客户做出补偿。④维护客户信息和产品数据库，包括完备的客户投诉详细记录系统。这样公司可以及时将数据传送给解决此问题所涉及的每一个员工，分析客户投诉的类型和缘由并且相应调整公司的政策。

3）处理客户投诉的主要步骤。这主要包括：①安抚和道歉。不管客户的心情如何不好，不管客户在投诉时的态度如何，公司的服务人员要做的第一件事就应该是平息客户的情绪，缓解他们的不快，并向客户表示歉意。公司还应告诉他们，公司将完全负责处理客户的投诉。②投诉记录。详细地记录客户投诉的全部内容，包括投诉者、投诉时间、投诉对象、投诉要求。③判定投诉性质。先确定客户投诉的类别，再判定客户投诉理由是否充分，投诉要求是否合理。如果投诉不能成立，应迅速答复客户，婉转说明理由，求得客户谅解。④明确投诉处理责任。按照客户投诉内容分类，确定具体接受单位和受理负责者。属合同纠纷交由企业高层主管裁定；属于运输问题，交由货运部门处理；属于质量问题，交由质量管理部门处理。⑤查明投诉原因。调查确认造成客户投诉的具体原因和具体责任部门及个人。⑥提出解决办法。参照客户投诉要求，提出解决投诉的具体方案。⑦通知客户。投诉解决办法经批复后，迅速通知客户。⑧责任处罚。对造成客户投诉的直接责任者和部门主管按照有关制度进行处罚，同时对造成客户投诉得不到及时、圆满处理的直接责任者和部门主管进行处罚。⑨提出改善对策。通过总结评价，吸取教训，提出相应的对策，改善企业的经营管理和业务管理，减少客户投诉。⑩跟踪。解决了客户投诉后，

打电话或写信给他们，了解他们是否满意。一定要与客户保持联系，尽量定期拜访他们。

4）构建客户投诉管理系统。视客户服务部门为企业内部环境与外部环境相互作用的交接点，在此基础上设计一个完整的，由若干个相互影响、相互作用的子系统组成的客户投诉行为管理系统。它由客户投诉预警系统、投诉行为响应系统、投诉信息分析系统、投诉增值服务系统、内部投诉信息传递系统、人力资源管理系统及服务绩效监督系统共同构成。这主要包括：①客户投诉预警系统。企业不仅要通过客户的抱怨和投诉来确定企业产品质量或服务的问题所在，更要主动地查找潜在的失误，即在问题出现前能够预见问题，从而避免其发生。②投诉行为响应系统。一个良好的投诉行为管理系统应该能够提供快速的、个性化的响应。为了达到快速响应的目的，公司可以对一线员工进行授权，这是因为一系列的审批程序会放慢反应速度，加大客户的对立情绪。除了授予员工行动的权力外，公司还必须为员工提供各种指标和参数，以协助员工制定决策。③投诉信息分析系统。企业不仅要掌握产品和服务质量的变化趋势，及时采取补救和预防措施，防止投诉的再次发生，还必须通过对投诉信息的分析了解客户需求变化，挖掘客户潜在需求。④投诉增值服务系统。假设客户第一次购买的产品或服务的实际价值为V1，投诉成本为C，那么企业第二次满足客户需求的产品或服务的价值V2应当大于（至少等于）V1+ C，这样才能赢得客户的满意和信赖。可以说，客户投诉增值服务系统输入的是客户投诉，输出的是客户满意，该系统通过一系列的活动或流程，将客户的不满意转化为满意。⑤内部投诉信息传递系统。客户投诉信息应该在企业内部通过适当的方式沟通，以使投诉处理过程能够得到充分理解和有效执行。⑥人力资源管理系统。通过整合、分析人事数据来找到提高员工的满意度、忠诚度的方法和措施，从而提高员工贡献度，帮助管理者通过有效组织管理降低成本和加速增长来创造价值链利润。⑦服务绩效监督系统。应该对员工的工作效果进行监督考核，促使客服人员能及时有效地处理客户的投诉。

4. 客户投诉处理技巧

客户服务人员面对客户投诉应把握好一些处理技巧，这些技巧如下。

（1）安抚和道歉

客户只有在利益受到损害时才会投诉，作为客服人员要专心倾听，并对客户表示理解，对客户的情绪进行安抚。如果是己方的失误，首先要代表公司表示道歉，并站在客户的立场上为其设计解决方案。

（2）快速反应

用自己的话把客户的抱怨复述一遍，确信自己已经理解了客户抱怨的问题，而且对此已与客户达成一致。如果可能，请告诉客户自己愿想尽一切办法来解决他们提出的问题。

（3）移情

当与客户的交流达到一定境界时，服务人员会自然而然理解他们提出的问题，并且会欣赏他们的处事方式。服务人员应当强调，他们的问题引起了自己的注意，并给了自己改正这一问题的机会，对此自己感到很高兴。

（4）补偿

对投诉客户进行必要且合适的补偿，包括心理补偿和物质补偿。心理补偿是指服务人员承认确实存在着问题也确实造成了伤害，并道歉。物质补偿是指一种“让我们现在就做些实际的事情解决这个问题”的承诺，如经济赔偿、调换产品或对产品进行修理等，尽己所能满足客户。在解决了客户的抱怨后，服务人员还可以送给客户其他一些东西，如优惠券、免费礼物等。

（5）跟踪

客户离开前，看客户是否已经满意，然后在解决了投诉后的一周内，打电话或写信给他们，了解他们是否依然满意。一定要与客户保持联系，使投诉转化为销售业绩，客户投诉得到了令人满意的解决之时，就是销售的最佳时机。

任务实施

第一步：布置任务，组织和引导学生讨论并思考在猕猴桃销售中可能存在哪些类型的客户投诉，各种投诉如何处理。

第二步：各小组学生完成表3-2。

第三步：结合学生讨论结果进行总评。

表3-2　客户投诉处理

序号	问题类型	处理建议
1	产品质量	
2	售后服务	
3	产品价格	
…		

任务二　维护客户关系

学习目标

※ 知识目标

1．理解客户流失的含义。

2．了解客户流失的原因。

3．掌握流失客户挽回的流程。

4．掌握流失客户挽回的策略。

※ 技能目标

能够灵活运用流失客户的挽回策略。

3.2 案例

案例描述

××××肥业公司是国内最早从事化肥生产与销售的公司，董事长是享受国务院津贴的专家，技术与品牌在业内很有口碑。但是近年来市场恶性竞争加剧，仿造产品，低价“血拼”，窃用商标，市场比较混乱，客户流失现象严重，企业效益在下降。

为了摆脱企业目前的糟糕状况，挽回流失客户，稳定客户关系，公司采取了以下措施来改变现有局面。

1）公司使用人才工业化的手段。成立大客户部，由销售、产品、商务三大部门的负责人组成公司讲师队伍，为客户举办技术讲座。业务员按照公司标准寻找到合格经销商参加培训，大客户部现场成交，成交率上升，业务员做售后服务，使客户资源不流失，员工收入增加，同行业其他公司业务员也纷纷加入，营销团队开始得到优化。

2）分解业务员的业务。让业务员只做两个工作：一是把渠道客户找到，请他们参加企业的产品说明会；二是把售后服务做好，增加持续购买。基本职责如下。

售前：电话开源、拜访开源、转介绍、约到现场，结果定义是把合格渠道商约到会议现场；考核指标是约场率与现场成交率。

售后：追款、结算、补货、换货、维护，考核指标是客户满意率。

3）核心业务由公司掌控。中间销售这个事放到公司身上，公司成立市场部，专门做市场推广。列出一个时间表，把每个月到什么地方讲课，或者把开说明会的时间定下来，然后组织销售人员往哪里送客户。

市场部的职责包括产品介绍、商务介绍、客户见证，考核的是现场成交率。

4）团队配合。现场成交以技术人员与市场部人员为主，销售人员打配合。这个方式的好处是，一是利用了技术人员、市场人员的专业销售优势，把成交能力提升了，业绩做上去了；二是客户资源掌握在公司手里面了，客户不再跟人走，而是跟公司走；三是对业务员的能力要求低了，但是提成高了，收入高了，现有的人不愿意走了。

通过这一系列措施的实施，公司终于摆脱了困境。

案例实战

通过对案例的学习，经过小组讨论，同学们分析以下问题，并完成小组讨论报告。

1．分析案例中客户流失的原因。

2．总结客户挽回的方式。

3．从这个案例中，我们可以得到关于流失客户挽回的什么启示？

任务布置

同学们帮助苏小萌分析以下问题。

1．公司的猕猴桃销售时客户流失的原因有哪些？

2．怎么样针对性地解决客户流失的问题？

任务分析

要解决客户流失问题，挽回流失的客户，首先要分析客户流失现状，找出客户流失的原因，才能采取有针对性的挽回策略，解决客户流失问题。

各学习小组可以独立完成本次信息收集整理和分析。

相关知识

网络时代的到来，越来越多的人选择在网络平台购物，与此同时，传统的购物方式受到前所未有的挑战，电子商务购物平台之间的竞争越来越激烈。随着许多电商平台的崛起，原有的平台不可避免地出现了客户流失问题。

一、正确面对客户流失

任务 3.2

一些高层管理人员说：“不久前与客户的关系还好好的，一会儿‘风向’

就变了，客户流失了，真不明白。”客户流失已成为很多企业面临的尴尬局面，他们也都知道失去一个老客户将带来巨大的损失，需要企业至少再开发十个新客户才能弥补。

1．客户流失的含义

由于企业各种营销手段的实施而导致客户和企业终止合作的现象就是客户流失。

在营销手段日益成熟的今天，我们的客户仍然是一个很不稳定的群体，因为他们的市场利益驱动杠杆还是偏向于人、情、理的。如何来提高客户的忠诚度是现代企业营销人员一直在研讨的问题。客户的变动，往往意味着一个市场的变更和调整，一不小心甚至会对局部（区域）市场带来致命的打击。这个现象在医药企业的处方产品中凸显，一个医院由一个代表做到一定的销售量，但是这个医药代表离开后，那么销量的下滑是很明显的。如果你是公司的管理者，请务必在关键时刻擦亮你的眼睛，以免你的客户在不经意间流失，给公司的市场运作带来不利影响。当然，这其中的因素和地区的主管、经理也有很大的直接关系。

2．客户流失率

客户流失率是指客户的流失数量与全部消费产品或服务客户的数量的比例。它是客户流失的定量表述，是判断客户流失的主要指标，直接反映了企业经营与管理的现状。

客户流失率有绝对客户流失率和相对客户流失率之分，因而客户流失率有两种计算方法。

（1）绝对客户流失率 = 流失的客户数量 / 全部客户数量 ×100%。

（2）相对客户流失率 = 流失的客户数量 / 全部客户数量 × 流失客户的相对购买额 × 100%。

如果一家银行的客户数量从 500 减少到 475，那么它流失的客户数量为 25，绝对客户流失率即为 25/500×100%=5%。绝对客户流失率把每位流失的客户同等对待。相对客户流失率则以客户的相对购买额为权数来考虑客户流失率。若流失的 25 位客户的单位购买额是平均数的三倍，那么相对客户流失率即 25/500×3×100%=15%。

3．客户流失的原因

客户流失的原因有主观原因和客观原因两种。

（1）主观原因

从根本上看，客户不满意是导致客户流失的根本原因。这种不满意主要表现在以下几方面。

1）产品因素。诸如产品质量低劣或不稳定，品种单一或不全，样式单调或陈旧，产品附加值低，价格缺乏弹性，产品销售渠道不畅，广告宣传虚假，售后服务滞后，投诉处理效率低，产品缺乏创新等。

2）服务因素。诸如服务环境脏，服务秩序乱，服务态度差，服务能力弱，服务效率低，服务设施落后，服务流程烦琐，服务项目不全，服务环节欠缺，服务网点不足，服务渠道不畅，服务缺乏个性化与创新，收费不尽合理等。

3）员工因素。诸如仪表不整，言行不一，缺乏诚意与尊重，缺乏责任心与事业感，知识面窄，能力不强，整体素质差等。

4）企业形象因素。诸如对产品形象、服务形象、员工形象、企业的生活与生产环境形象、企业标识、企业精神、企业文化、企业责任、企业信誉等的不满。

（2）客观原因

客观流失的客观原因主要体现在以下几个方面。

1）客户因素。例如，客户往往对产品或服务期望太高，而实际的消费体验比较差，所以心理不平衡，产生了不满情绪。由于不满，客户就会流失掉。当然，由于客户消费的多样化、多层次化、复杂多变性和非理性化，客户在消费时并不承诺放弃尝试其他企业的产品或服务。另外，由于购买力的提高，其需求与期望也会发生相应转移，他可以把“货币选票”投给他认为有价值的产品或服务上。

2）竞争者因素。市场竞争激烈，为能够迅速在市场上获得有利地位，竞争对手往往会不惜代价以优厚条件来吸引和挖走那些资源丰厚的客户。

3）社会因素。诸如社会政治、经济、法律、科技、教育、文化等方面的政策对客户的购买心理与购买行为的影响。

4）其他因素。诸如战争、季节、时令、自然灾害等因素而使客户流失。

二、挽回流失客户

客户流失是任何一家企业在经营过程中都会遇到的问题，但是当问及企业客户为什么流失，出现客户流失问题时究竟应该怎么解决，很多企业人员都是一脸茫然。因此，要清楚流失客户的挽回流程。

1. 流失客户的挽回流程

（1）调查原因，缓解不满

首先，企业要积极与流失客户联系，访问流失客户，诚恳表示歉意，缓解他们的不满；其次，要了解流失的原因，弄清问题究竟出在哪里，并虚心听取他们的意见、看法和要求，让他们感受到企业的关心，给他们反映问题的机会。

（2）对症下药，争取挽留

企业要根据客户流失的原因制定相应的对策，尽力争取及早挽回流失的客户。

（3）对不同级别的客户的流失采取不同的态度

企业应该根据客户的重要性来分配投入挽留客户的资源，挽留的重点是那些最能盈利的流失客户，这样才能达到挽留效益的最大化。

针对下列三种不同级别的流失客户，企业应当采取的基本态度如下。

对重要客户要极力挽留，对主要客户也要尽力挽留；对普通客户的流失和难以避免的流失，可见机行事；基本放弃对小客户的挽留努力。

（4）彻底放弃根本不值得挽留的流失客户

有些流失客户，包括不可能带来利润的客户，根本不值得挽留；无法履行合同的客户；损害员工士气的客户；声望太差，与之建立业务关系会损害企业形象的客户。对这些不值得挽留的客户，企业要彻底放弃。

2. 流失客户的挽回策略

（1）着眼于当前的应急措施

着眼于当前的应急措施，重点抓好以下两项工作。

1）访问流失的客户，争取把流失的客户找回来，具体方法包括：①设法记住流失的客户的名字和地址。②在最短的时间用电话联系或直接访问。访问时，应诚恳地表示歉意，送上鲜花或小礼品，并虚心听取他们的看法和要求。③在不愉快和不满消除后，记录他们的意见。④满足其要求，尽量挽回流失的客户。⑤制定措施，改进企业工作中的缺陷，预防问题再发生。⑥想方设法比竞争对手做得更多、更快、更好一些。

2）正确处理客户投诉，提高解决客户投诉问题的效率。

（2）着眼于长远的永久性措施

1）理念牌，即树立客户满意理念。近年来成功企业经营实践表明，客户满意是企业活动的基本准则，是企业获取竞争优势的锐利武器。

2）产品牌，即提供令客户满意的产品。这就要求企业必须识别自己的客户，调查客户的现实和潜在要求，分析客户购买的动机、行为、能力，从而确定产品的开发方向与生产数量，进而提供适销对路的产品来满足或超越他们的需求和期望，使其满意。

3）服务牌，即提供令客户满态的服务。

4）员工牌，即充分调动企业员工的积极性、主动性和创造性，使其充分参与企业的经营管理活动，从而激发其成就感、事业感和自豪感，最终实现由员工满意向客户满意的转化。

5）形象牌，即在客户和社会公众中树立、维持和提升企业形象。良好的企业形象既可以创造客户消费需求，增强企业筹资能力，又可以改善企业现状，开拓企业未来。

6）管理牌，即通过加强内部自身管理和外部客户管理，来赢得更多的客户与市场，获得更大的经济效益与社会效益。管理是现代企业前进的两大车轮之一，管理也是生产力。

7）创新牌，面对瞬息万变的市场环境，面对个性化、多样化的客户需求，面对优胜劣汰的游戏规则，企业唯有不断地创新、创新、再创新，才持续地发展与壮大。

8）客户联盟战略牌，即与客户建立一种互相依赖、长期稳定、利益共享、风险共担的战略联盟关系。

任务实施

第一步：各小组自由讨论流失客户的挽回流程和挽回策略。

第二步：情境设计，小组设计一个客户流失情境。

第三步：各小组学生完成表 3-3。

第四步：结合学生作业情况进行总评。

表 3-3　猕猴桃销售的流失客户挽回流程

序号	流失客户挽回流程
1	
2	
3	
4	
…	

任务三　做好客户关怀

学习目标

※ 知识目标

1. 了解客户忠诚的含义和客户忠诚的层次。
2. 了解客户忠诚的战略意义，熟悉客户忠诚度的提高策略。
3. 了解客户关怀的含义和目的。

4. 明确客户关怀的范围。

5. 掌握客户关怀的方法。

※ **技能目标**

1. 能运用提高客户忠诚度的策略。

2. 能够运用客户关怀的方法。

案例描述

3.3 案例

广州千千氏工艺品有限公司从事让女性美丽的发饰品连锁经营事业。十余平米的小店，摆放着琳琅满目的发夹，这家依托小小发夹而生存的企业，却将店面数量从一家开到数千家，并在2014年5月引来亿元风投，完成九鼎投资A轮融资。如今，千千氏遍布20多个省、市和自治区，营业收入数亿元，成为行业翘楚。

千千氏创始人曾昭霞把它的成功归结于：培育顾客忠诚，重视顾客承诺，与所有顾客及利益相关者发生关系。

1. 爱之初“体验”

2007年8月，曾昭霞的第一家店千千氏诞生于广东番禺。这个“免费给顾客梳头的店”的制胜秘诀是“免费”——“一次消费，终生免费服务”。顾客只要在千千氏的销售连锁店中购买一次千千氏的发饰品、化妆品等产品，即可终身在千千氏全国各地的连锁店中免费享受发型设计、盘发、化妆，以及学习如何设计自身形象等服务，并且顾客还可以先体验后购买。这就是新兴发饰行业的噱头，它有一个通俗的名字“体验式营销”。

2. 关系营销大放异彩

“体验式营销”的模仿者、跟风者，比比皆是。千千氏创造了这一免费的体验营销模式，随即被复制得惟妙惟肖。这已经不能成为竞争的利器，只能成为服务顾客的一项终身承诺。

于是，就在大多数的快造型企业还在为如何普及“体验式营销”的概念而兢兢业业时，千千氏开始转变方向，一个新的理念又在不经意间进入了人们的视线——关系营销。千千氏创始人曾昭霞说：“关系营销关注的是如何保持与顾客的亲密关系。”

与传统的交易营销轻服务、少承诺、疏于售后联系、生产部门统管质检相比，关系营销则以顾客服务提高顾客满意度，培育顾客忠诚，重视顾客承诺，集中于发展和维持与顾客及所有利益相关者发生的所有关系，所有部门都关心质量问题。

记者在千千氏的一次内部会议上了解到，千千氏的所有加盟商都会对顾客信息分类归档，不仅对全部老顾客的生日、年龄、职业、爱好、生活习惯、联系方式等信息了若指掌，就是对新客户也有着一套独特的沟通方式。

千千氏会在节假日等特殊时刻给客户发送一些温馨的慰问短信，亦会做出在客户生日时送蛋糕等举动，与顾客建立长期良好的互动沟通，培养了一批忠实的铁杆“粉丝”。

“产品你得精美吧，服务你得深入人心吧，体验你得超群吧，此外你还不能为了钱放弃原则。”曾昭霞说。

就像海底捞卖的不是火锅，而是舒适的等待过程；星巴克卖的不是咖啡，而是闲适的生活方式。千千氏，从销售产品进化到销售生活方式，做的是一种把饰品行业变成一门艺术，通过改变女人的外表，让女人获得自信美丽的生活方式。

3．千千氏的关系网

关系营销作为一种革命性的营销方式，既是新兴的“体验式营销”的一种嬗变体，又是对传统的交易型营销的一个颠覆，和传统的交易型营销相比，“关系营销”对企业提出了以下要求：

与顾客的关系——“闺蜜级”的服务。在关系营销中，沟通应该是双向而非单向的。只有广泛的信息交流和信息共享，才可能使企业赢得各个利益相关者的支持与合作。

曾昭霞并不认为，顾客是上帝，因为上帝在云端，高高在上，“居庙堂之高”。然而千千氏的顾客都是爱美的女性，千千氏人要做她们的闺蜜，不仅和她们分享各种专业的美丽建议，还要和她们做到“心灵与心灵的碰撞和涤荡”。

在千千氏的全国加盟店中，几乎每天会发生各种暖心的故事。在业务繁忙的时候“打烊”只为给顾客的女儿举办生日 party，顾客带上特意烹饪的美食和千千氏店员分享……“那些精美的发饰固然能俘获顾客的芳心，但‘闺密级’的服务和关怀才是千千氏吸引顾客的真正原因，从某种意义上说，这才是我们真正的产品。”

与加盟商的关系——用制度和文化给加盟商注射“强心针”。一般而言，关系有两种基本状态，即对立和合作。只有通过合作才能实现协同，因此合作是双赢的基础。与其用硬性的制度和软性的文化锁住了加盟商，不如用制度和文化给加盟商注射“强心针”。

为了帮助加盟商快速开店，千千氏有专门的高管帮助加盟商招聘员工，帮助省代理和市代理招商，帮助加盟商选址，以及店员培训和店内运营。

千千氏还建立了由督导、带动师、店长到店员再到助理的加盟商人才供给保障体制。每个督导管理一定数量的店铺，每一家新店开张，千千氏都会派出带动师来带动新店的业绩，再加上每周、每月都有的从新手到店员、店长、加盟商的培训，就差直接把钱装进加盟商的口袋了。

但这正是千千氏的底线，曾昭霞最担心的就是总部工作人员一撤，加盟店就又回到原来的模样。所以加盟商不能只是看，必须作为培训老师或者店长参与进来，必须要学会自己带团队、打市场。

与市场的关系——特殊部门有效控制。设置专门的机构，用来分析市场信息，再将市场信息反馈流程前后衔接形成的一个完整的闭环管理体系，也就是生产经营在市场产生的信息，要返回生产经营中去。

千千氏建立专门的部门，用以跟踪顾客、分销商、供应商及营销系统中其他参与者的态度，由此了解关系的动态变化，及时采取措施消除关系中的不稳定因素和不利于关系各方利益共同增长因素。此外，通过有效的信息反馈，也有利于企业及时改进产品和服务，更好地满足市场的需求。

案例实战

通过对案例的学习，经过小组讨论，同学们分析以下问题，并完成小组讨论报告。

1. 广州千千氏工艺品有限公司是怎样进行客户关怀的？
2. 广州千千氏工艺品有限公司客户关怀的范围是什么？
3. 从这个案例中，我们可以得到关于客户关怀与提升客户忠诚度的什么启示？

任务布置

同学们帮助苏小萌分析以下问题。

1. 在猕猴桃销售时，我们怎样区别不同忠诚度的客户？
2. 对不同的客户，我们应该提供什么样的关怀？
3. 怎样提升客户忠诚度？

任务分析

随着网络时代的到来，电子商务购物平台之间的竞争越来越激烈。如果说营销是要把客户“拿下”，那么服务则是要将客户留住。留住对企业忠诚的长期客户，是任何一家企业的成功之道。任何一项客户服务工作，其终极目标都是提升客户的忠诚度。

而要提高客户忠诚度，确保自己在市场的领先地位，首先需要了解企业的客户现状，在此基础上实施有针对性的客户关怀。

各学习小组可以独立完成本次信息收集整理和分析。

相关知识

尽管我们在最开始很有必要为了获取新客户而费尽心机，但这并不意味着我们要一直把所有的努力都集中在获得更多的新客户上，因为你会发现，获得一个新客户的成本越来越高。我们需要在合适的时机，把部分精力转移到已有的客户关系上，因为人们更希望与那些已经建立信任关系的人做生意，而不想找新的供应商来增加麻烦和花费。

盖洛普（Gallup）的一项调查显示，在整个 B2B（business to business，企业对企业之间的营销关系）行业中，只有 1/7 的客户和供应商关系最佳，只有 13% 的客户能够充分参与和投入合作过程。这项研究还有一个指标：一个完全投入的客户在钱包、盈利能力、收入和关系增长中所占的份额比一般客户高 23%。这些数据很明显地表明，忠诚的客户对企业而言是多么有价值。

一、识别客户忠诚

开发新客户对企业的营销工作非常重要，但在产品供大于求、竞争激烈的市场上，新市场开拓毕竟有限，成本也很高。于是，保持老客户的忠诚则成为企业营销的一大重点。在激烈的市场竞争中能够脱颖而出的企业都有一个共同点，那就是建立起了客户忠诚。

任务 3.3

1．客户忠诚的含义

关于客户忠诚，目前没有一个统一的定义，一般理解是在客户满意的前提下，客户对企业的产品或服务的依恋或爱慕的感情，消费者在进行购买决策时，多次表现出来的对某个企业产品和品牌的有偏向的购买行为。客户忠诚实际上是一种客户行为的持续性。

2．客户忠诚度阶梯

著名的营销专家吉尔·格里芬提出过客户忠诚阶梯的概念，描述了企业与客户建立客户关系和客户忠诚的过程往往会经历以下七个阶段。

（1）潜在客户

潜在客户是指那些有可能购买企业产品或服务的客户。企业往往假定这些客户有可能购买，但并没有足够的信息来确定或证明这一点。在大众市场营销中，企业往往将符合目标产品使用需求的人都认为是潜在的目标客户，一些公司也往往以此为依据来计算潜在市场容量。

（2）目标客户

目标客户是指需要企业的产品或服务，并且有购买能力的客户。例如，那些正在光顾手机卖场准备更换新手机的客户就是这类客户。尽管这类目标客户目前还没有购买企业的产品或服务，但他们可能已经听说过企业的一些情况，了解过企业的产品或服务，或者听到过别人的推荐。目标客户知道企业是谁，企业在哪里，以及企业卖什么，只是他们目前仍然没有购买企业的产品或服务。

（3）不合格的目标客户

企业往往对这些客户已经进行过研究和调查，知道他们暂时并不需要或没有足够的购买力来购买企业的产品或服务。例如，对宝马汽车非常喜爱，但又没有足够经济实力的车迷们。

（4）第一次购买者

第一次购买者有可能成为企业今后的长期客户，但也很有可能仍然是企业竞争对手的客户。

（5）重复购买者

重复购买者已经向企业购买了多次产品或服务。这类客户的购买行为主要有两类：一类是重复产品的多次购买，另一类是在不同的场合购买了企业两种以上的产品或服务。

（6）长期客户

这些长期客户会购买他们所需要而企业又正在销售的所有产品。这类客户通常是周期性采购。企业必须生产和销售这些长期客户所需要的产品或服务，以适应这类客户的需求。企业与这些客户已经建立起稳定而持续的客户关系，这些客户不会轻易为竞争对手所吸引。这些长期客户往往是企业最主要的利润来源。

（7）企业拥护者

与长期客户一样，企业拥护者会购买他需要或可能使用的企业正在销售的所有产品，并且也是周期性采购。同时，拥护者会积极推荐其他人购买。这些拥护者无时不在谈论企业及产品，为企业的产品或服务做市场宣传，同时帮企业带来新客户。

3. 客户忠诚的战略意义

随着市场竞争的日益加剧，客户忠诚已成为影响企业长期利润高低的决定性因素。以客户忠诚为标志的市场份额，比以客户多少来衡量的市场份额更有意义。企业管理者应将营销管理的重点转向提高客户忠诚度方面来，以使企业在激烈的竞争中获得关键性的竞争优势。

（1）客户忠诚使企业获得更高的长期盈利能力

1）客户忠诚有利于企业巩固现有市场。客户忠诚度高的企业对竞争对手来说意味着较高的进入壁垒，同时要吸引原有客户，竞争对手须投入大量的资金，这种努力通常要经历一个延续阶段，并且伴有特殊风险。这往往会使竞争对手望而却步，从而有效地保护现有市场。

2）客户忠诚有利于降低营销成本。对待忠诚客户，企业只需经常关心他们的利益与需求，在售后服务等环节上做得更加出色就可留住他们，既无须投入巨大的初始成本，又可节约大量的交易成本和沟通成本，同时忠诚客户的口碑效应带来高效的、低成本的营销效果。

（2）客户忠诚使企业在竞争中得到更好的保护

1）客户不会立即选择新服务。客户之所以忠诚一个企业，不仅因为该企业能提供客户所需要的产品，更重要的是企业能通过优质服务为客户提供更多的附加价值。

2）客户不会很快转向低价格产品。正如忠诚客户愿意额外付出一样，他们同样不大可能仅仅因为低价格的诱惑而转向新的企业。不过，当价格相差很大时，客户也不会永远保持对企业的忠诚。

4．客户忠诚度的提高策略

（1）建立客户数据库

为提高客户忠诚度而建立的数据库应具备以下特征：①一个动态的、整合的客户管理和查询系统；②一个忠诚客户识别系统；③一个客户流失显示系统；④一个客户购买行为参考系统。

企业运用客户数据库，可以使每一个服务人员在为客户提供产品和服务的时候，明了客户的偏好和习惯性购买行为，从而提供更具针对性的个性化服务。

（2）识别企业的核心客户

建立和管理客户数据库本身只是一种手段，而不是目的。企业的目的是将客户资料转变为有效的营销决策支持信息和客户知识，进而转化为竞争优势。企业的实践证明，企业利润的80%来自其20%的客户。只有与核心客户建立关系，企业稀缺的营销资源才会得到最有效的配置和利用，从而明显地提高企业的获利能力。

识别核心客户最实用的方法是回答三个互相交叉的问题。

1）你的哪一部分客户最有利可图、最忠诚？注意那些对价格不敏感、付款较迅速、服务要求少、偏好稳定、经常购买的客户。

2）哪些客户将最大购买份额放在你所提供的产品或服务上？

3）你的哪些客户对你比对你的竞争对手更有价值？

通过对这三个问题的回答可以得到一份清晰的核心客户名单，而这些核心客户就是企业实行客户忠诚营销的重点管理对象。

（3）超越客户期望，提高客户满意度

客户的期望是指客户希望企业提供的产品和服务能满足其需要的水平，达到了这一期望，客户会感到满意，否则客户就会不满。超越客户期望，是指企业不仅能够达到客户的期望，而且还能提供更完美、更关心客户的产品和服务，超过客户预期的要求，使之得到意想不到的，甚至感到惊喜的服务和好处，获得更高层次上的满足，从而对企业产生一种情感上的满意，发展成稳定的忠诚客户群。

（4）正确对待客户投诉

要与客户建立长期的相互信任的伙伴关系，就要善于处理客户抱怨。有些企业的员工在客户投诉时常常表现出不耐烦、不欢迎，甚至流露出一种反感。其实这是一种非常危险的做法，往往会使企业丧失宝贵的客户资源。

（5）提高客户转换成本

一般来说，客户转换品牌或转换卖主会面临一系列有形或无形的转换成本。对单个客户而言，转换购买对象需要花费时间和精力重新寻找、了解和接触新产品，放弃原产品所能享受的折扣优惠，改变使用习惯，同时还可能面临一些经济、社会或精神上的风险；对机构购买者，更换使用另一种产品设备则意味着人员再培训和产品重置成本。提高转换成本就是要研究客户的转换成本，并采取有效措施人为增加其转换成本，以减少客户退出，保证客户对本企业产品或服务的重复购买。

（6）提高内部服务质量，重视员工忠诚的培养

哈佛商学院的教授认为，客户保持率与员工保持率是相互促进的。这是因为企业为客户提供的产品和服务都是由内部员工完成的，他们的行为及行为结果是客户评价服务质量的直接来源。一个忠诚的员工会主动关心客户，热心为客户提供服务，并为客户问题得到解决感到高兴。因此，企业在培养客户忠诚的过程中，除了做好外部市场营销工作之外，还要重视内部员工的管理，努力提高员工的满意度和忠诚度。

（7）加强退出管理，减少客户流失

退出指客户不再购买企业的产品或服务，终止与企业的业务关系。正确的做法是及时做好客户的退出管理工作，认真分析客户退出的原因，总结经验教训，利用这些信息改进产品和服务，最终与这些客户重新建立起正常的业务关系。分析客户退出的原因，是一项非常复杂的工作。客户退出可能是单一因素引起的，也可能是多种因素共同作用的结果。

二、实施客户关怀

随着客户管理体系的不断完善，客户关怀的门槛逐步放低，在互联网发达的今天，甚至是一些小公司、个体商户也开始花费较少的成本更细致地管理自己的客户，而这些都标志着客户关怀的普及。

1．客户关怀的含义

客户关怀理念最早由大卫·克拉特巴克提出，他认为客户关怀是服务质量标准化的一种基本方式，它涵盖了公司经营的各个方面，从产品或服务设计到如何包装、交付和服务。

事实上，在讨论后勤和营销过程时，克里斯托弗·洛夫洛克论述到：客户服务是连接后勤和营销过程的主线，原因在于最终后勤系统的输出是客户服务。技巧在于以某种方式管理营销和后勤这双臂膀，以图在追求成本优势的同时通过客户服务来最大化增值。

2．客户关怀的范围

客户关怀的范围实际参考有哪些呢？许多作者和公司使用了很多术语来标明客户关怀活动，如客户服务（customer service）、产品质量（product quality）、服务质量（service quality）和售后服务（aftersales service）。在不同公司和不同情形下，这些术语似有不同含义。

（1）客户服务

客户服务一般包括为客户提供有关产品或服务技术说明的建议和信息，以及售后支持安排与步骤。为强调这一点，克里斯托弗写道："最终的客户服务取决于影响使买主得到产品和服务过程所有因素的交互作用。"

（2）产品质量

产品质量与用以确保符合说明，进而适合其目的，以及使用安全而设置的标准及测度紧密相关。

（3）服务质量

服务质量指的是公司与客户间的关系，着重点在交易过程中客户的体验。

（4）售后服务

售后服务涵盖售后查询和投诉，以及修理和维护步骤。

上述这些方面形成了全面客户关怀包含的部分，它在帮助、友好、关心和安心等方面采取关怀态度。其目标是不断满足客户需求并履行客户期望。在这种背景下，客户关怀适用于营销的各个方面。

3．实施客户关怀的目的

（1）提高客户忠诚度

客户关怀能够有效改善客户消费体验，具体体现在：①高度满意的客户会更加、更久地忠实于企业；②使客户主动尝试企业更多的新产品，并购买价值更高的产品；③使客户对企业及其产品说好话，形成良性口碑；④使客户忽视竞争品牌及其广告，

并对价格变化反应平淡；⑤使客户由于更加熟悉交易的程序而降低服务成本。

（2）延长客户生命周期

客户生命周期指一个客户对企业而言是有类似生命一样的诞生、成长、成熟、衰老、死亡的过程。成长、成熟和衰老这三个阶段往往伴随消费，尤其是成熟期，是客户消费的黄金时期，有效延长客户生命周期使企业的盈利增加。

（3）改进产品

忠实客户是最好的产品设计师，通过使用产品，他们会发现那些不好用、不方便的地方，客户关怀其实为企业建立了聆听建议的渠道，让企业发现改进空间，设计出更符合客户要求、更有市场的产品。

（4）口碑传播

口碑传播也可以称为品牌效应。当企业的产品或服务超出了客户的期望，他们将习惯性地向周围的朋友分享。很显然，熟人传递的产品信息更加可信，成交概率也更高。

4．实施客户关怀的方法

商家要抢夺客户资源，一方面靠优质的产品，另一方面靠良好的服务。不同类型的企业实施的客户关怀有所不同。一般性的客户关怀方法如下。

（1）记录客户信息

客户关怀建立在数据库营销的基础之上，需要记录的数据包括客户的姓名、手机号码、生日等重要纪念日、消费记录、最后一次消费距今的时间等。

（2）会员信息管理

维护客户最快速的方法就是将普通客户变成会员。会员就如同储蓄罐中的钱币，是一个长期积累的过程，积累得越多，商家的财富就越多。积分是商家评估客户价值的重要依据，对客户进行奖励，或者让高额积分的客户享受更优惠的价格，也可定期进行积分兑换，这样能有效提升客户黏性，同时刺激客户消费积极性。

（3）生日关怀

在生日这样重要的日子，如果能够收到一条来自商家的祝福短信，无疑会加深客户对该商家的印象。特别的纪念日对每个人来说都是特殊的，如果商家能够抓住时机送上祝福无疑会被划分到“亲朋好友”之列，客户自然更加忠诚。

（4）短信营销

与大企业相比，小商家人力财力有限，缺少广告支撑，难以开展丰富的营销活动，如果有几百个会员可以做短信营销呢？情况会大不一样。

找一个足够吸引眼球的主题策划一场活动，用短信通知所有会员，可以是直白的告知，也可以通过短信发放电子代金券，甚至告诉会员邀请朋友同来就可以享受折扣。

（5）电子账单

目前，电子账单在中国常用于信用卡消费提醒，就是刷卡消费后手机将收到一条提示短信，短信内容中包括本次消费的金额、卡内余额等信息。当会员管理与短信营销相结合，即使是个体店铺也可以向客户发送电子账单，提供银联级别消费体验，以更优质的服务提高客户忠诚度。

（6）储值消费

储值消费一方面能为客户带来方便——不用掏钱或者刷卡也可以消费，另一方面大大提高了客户的黏性。如果客户愿意先把钱存在你这里，无疑证明他们是信任你的。在某些行业，如美容美体，客户是否储值消费直接决定了其忠诚程度。

（7）流失客户挽留

有些客户曾经在店里消费上千元，可是最近却一直没来过。如果对客户消费记录进行分析，很快你就能找出这些正在流失的客户，有的放矢地向他们发送挽留短信，针对他们开展与众不同的活动，打出回访电话，倾听他们的建议并做出改进。这将让商户得到良性的发展。

任务实施

第一步：组织和引导学生讨论并思考客户忠诚度的相关内容。

第二步：组织和引导学生讨论并思考客户关怀的重要性。

第三步：针对猕猴桃销售中可能出现的问题，讨论如何实施客户关怀，提升客户忠诚度，完成表3-4。

第四步：结合学生讨论结果进行总评。

表3-4　客户关怀实施

序号	客户忠诚度评估	客户关怀实施策略
1		
2		
3		
4		
…		

任务四　对信息进行数据化管理

学习目标

※ 知识目标

1．了解客户关系管理实施模式的类型及其组织架构。

2．掌握客户关系管理的 KPI（key performance indicators，关键绩效指标）的构成内容。

3．了解客户关系管理人员的能力要求及其职责设置。

4．掌握客户关系管理专员的能力要求。

5．掌握客户关系管理实施计划的设计方法。

※ 技能目标

能使用一些工具对信息进行数据化管理。

案例描述

3.4 案例

在互联网给人类生活带来前所未有的变化的同时，一批紧紧抓住互联网这一时代特征并全力在网上开展业务的企业也获得了奇迹般的成功。其中亚马逊书店和 Cisco 公司已是广为人知的成功范例。但大多数人只是了解这两家企业成功地利用了互联网开展业务，却不知道它们还是客户关系管理的成功实施者和受益者。

作为一个对世界 IT 潮流有着足够敏感度的企业，Cisco 公司已在互联网上开展了其所有业务。它全面采用 Oracle 的数据库、互联网技术平台及前端应用程序，建立了面向全球的交易系统，并已将市场及服务扩展到了全世界的 115 个国家。Cisco 在客户服务领域全面实施了客户关系管理，这不仅帮助 Cisco 顺利地将客户服务业务搬到互联网上，使通过互联网的在线支持服务占了全部支持服务的 70%，还使 Cisco 能够及时和妥善地回应、处理、分析每一个通过 Web、电话或其他方式来访的客户要求。实施客户关系管理使 Cisco 创造了两个奇迹：一是公司每年节省了 3.6 亿美元的客户服务费用，二是公司的客户满意度由原先的 3.4 提高到现在的 4.17。4.17 是一个惊人的数字，在这项满分为 5 的调查中，IT 企业的满意度几乎没有能达到 4 的。Oracle 先进的管理系统为 Cisco 创造了极大的商业价值：在互联网上的销售额达到了每天 2 700 万美元，占到了全美国互联网销售额的一半以上；发货时间由三周减少到了三天；在新增员工不到 1%

的情况下，利润增长了 500%。

Cisco 实施客户关系管理的成功给了我们这样的启示：要想建立基于互联网技术的成功的现代电子商务企业，有远见的抉择及非凡魄力是成功的基础，而选择有充分实力的且能提供全面电子商务解决方案的公司进行合作是成功的保障。

作为全球最大、访问人数最多和利润最高的网上书店，亚马逊书店的销售收入至今仍保持着 1000% 的年增长率。面对着越来越多的竞争者，亚马逊书店保持长盛不衰的法宝之一就是客户关系管理。同 Cisco 一样，亚马逊书店采用了 Oracle 的数据库、互联网技术平台及大量的 Oracle 电子商务应用程序。亚马逊书店在处理与客户关系时充分利用了客户关系管理的客户智能。当你在亚马逊购买图书以后，其销售系统会记录下你购买和浏览过的书目，当你再次进入该书店时，系统识别出你的身份后就会根据你的喜好推荐有关书目。你去该书店的次数越多，系统对你的了解也就越多，也就能更好地为你服务。显然，这种有针对性的服务对维持客户的忠诚度有极大帮助。客户关系管理在亚马逊书店的成功实施不仅给它带来了 65% 的回头客，也极大地提高了该书店的声誉和影响力，使其成为公认的网上交易及电子商务的杰出代表。

亚马逊书店实施客户关系管理的成功给了我们这样的启示：由 Oracle 等公司所倡导的客户智能战略不仅在技术上被证明是完善的，在商业运作上也是完全可行的。统计数字表明，企业发展一个新客户往往要比保留一个老客户多花费八倍的投入。而客户关系管理的客户智能可以给企业带来忠实和稳定的客户群，也必将带来良好的收益。

客户关系管理不仅为亚马逊书店和 Cisco 公司这些互联网时代的新型企业提供了强大支持，也给金融服务业这样的传统行业带来了发展的良机。美国的 CapitalOne 财务公司是 1994 年从 Signet 金融公司分离出来的一家小公司，其创始人是两个没有任何金融行业经验的伙伴。但在短短几年内，它已位列美国十大信用卡发行商之一，拥有 1 670 万个客户和 174 亿美元的总余额。该公司之所以能获得如此成功，其秘诀就在于充分利用先进的信息技术和管理系统来进行所谓的“知识竞争”，即进行被称为“学习（learn)”和“测试（test)”的大规模收集、分析客户信息的工作，并根据测试的结果做出决策和采取有关行动。当然，所有这些，都必须借助于基于客户关系管理概念的计算机管理系统。客户关系管理系统不仅包括高度智能化的电话中心，它的一项更为重要的任务是帮助 CapitalOne 用科学的方法设计信用卡。它使公司得以在正确的时间、以正确的价格、向正确的客户销售正确的产品。

CapitalOne 公司实施客户关系管理的成功给了我们这样的启示：在互联网时代，客户关系管理概念的运用，绝不是仅仅限于 IT 行业等少数新兴产业，也不仅仅是某一种市场营销或销售的战略，而是面向各行各业并涉及企业所有业务和流程的一场商业革命。

实施客户关系管理的成功案例很多，这里不可能一一列举。基于互联网的电子商务正在深入社会生活的各个领域，无论是新兴产业还是传统产业，同样都面临着它所带来的巨大挑战和空前机会。客户关系管理作为互联网时代企业管理的新思想、新观念和新方法，不仅可帮助企业改变管理方式和业务流程，使之适应时代的需要，还可为企业逐步实现由传统的企业模式（Business）到以电子商务为核心的现代企业模式（eBusiness）奠定坚实的基础。

案例实战

通过对案例的学习，经过小组讨论，同学们分析以下问题，并完成小组讨论报告。

1．Cisco 公司是怎样进行客户关系管理计划的？

2．Cisco 公司对客户关系管理人才的要求有哪些？

3．从这个案例中，我们可以得到关于客户关系管理的什么启示？

任务布置

同学们帮助苏小萌分析以下问题。

1．公司在对猕猴桃销售的过程中能用客户关系管理做些什么？

2．客户关系管理人员应该具备哪些能力？

3．应设计一个什么样的客户关系管理实施计划？

任务分析

本任务需要学生对客户关系管理有一定了解。推进客户关系管理对企业竞争是非常有利的。学生应该了解客户关系管理系统的功能，熟悉客户关系管理系统的实施步骤。

各学习小组可以独立完成本次信息收集整理和分析。

相关知识

很多电子商务企业已经认识到客户关系管理的重要性，但多数商家在客户关系管理上取得的效果并不明显，这主要有两种表现：一是商家没有弄清客户关系管理由谁负责的问题，没有为客户关系管理维系人员找到合适的位置，最终导致客户关系管理的计划搁浅；二是多数商家认为客户关系管理就是营销，将客户关系管理做成了短信营销，成为营销活动推广工具。造成以上两种客户关系管理推进受阻的根本原因在于商家的内部管理存在问题，即电子商务企业内部的组织架构及运作模式无法匹配客户关系管理的推进。因此，要想顺利推进客户关系管理的实施，电子商务企业需要组建合理的客户关系管理系统部门。

一、客户关系管理实施模式的设计

任务 3.4

电子商务企业要想有效地推进客户关系管理的实施，首先需要转变对客户关系管理的认识态度；其次需要选择适合自己的客户关系管理实施模式，并建立合理的客户关系管理实施组织架构。

1. 建设以客户关系管理为中心的组织架构所面临的障碍

在客户关系管理的运作中，阻碍顺利运作的最大障碍就是电子商务企业运营者的运营思维。电子商务是一种快速发展的商业形态，而电商企业的运营者往往将客户关系管理视为一种辅助运营的工具，他们关注的焦点是商品与供应的管理。电商企业运营者的这种思维方式，从一定程度上反映了当前电子商务以活动和商品运营为运营中心的现状。当然，对于新店铺来说，这种运营思维是正确的，但是如果店铺的发展已经颇具规模，拥有了十几万甚至上百万的客户数之后，仍然保持这种运营模式，那么店铺在今后的运营中很可能会出现很多问题。

电子商务发展到当前规模，店铺在流量上花费的费用大幅度上升，当店铺需要为一个新客流量支付上百元的费用时，店铺运营者已经意识到不得不重视当前自己拥有的客户资源。在以前企业的运作模式中，很多企业所拥有的资源是对等的，这种对等就要求企业紧紧抓住每个环节的运营，以谋求发展。但是，在现代企业的运作中，客户资源成为企业获得竞争优势的有利条件，因此企业内部的资源由原本的平行结构变成“金字塔”结构，而客户资源就处于“金字塔”的最顶端。随着资源的倾斜，企业逐渐转变为“以客户为中心”的运营模式。当前发展火热的O2O（online to offline，线上到线下）、无线端营销都是源于客户体验的需求，即客户需求驱动着市场的发展，而市场驱动着企业运营模式的转变。

因此，电子商务企业目前正处于一个以客户关系管理为中心的运营模式转变的关键时期，做好这种转型，就要求电子商务企业构建以客户关系管理为中心的组织架构。当然，构建以客户关系管理为中心的组织架构并不是要求电商企业推翻原有的电商业务部门设置，如美工、推广、客服、运营、仓储等，而是在原有各部门或职能的基础上，添加更丰富的内容。例如，在评估推广活动的ROI（return on investment，投资回报率）时，不仅将活动的流量和转化率作为评估标准，同时也要将老客户的回头率、流失客户的激活率等作为评估标准。仅仅做到这些也是不够的，由于客户关系管理是一个系统工程，在这个系统工程中，如果每个部门只是松散地、分散地实施各自的有关客户关系管理的操作，那么客户关系管理的运作将会陷入无目标和无产出的境地。

2. 客户关系管理的实施模式

对于电子商务企业的运营者来说，以客户关系管理为中心的组织架构有四种模式，如图 3-1 所示。这四种模式与店铺的发展阶段和规模相是匹配的，即店铺可以根据自身的发展选择适合自身发展规模的客户关系管理组织架构。

（1）作坊型和兼职型客户关系管理实施模式

通常来说，作坊型和兼职型客户关系管理是比较原始的客户关系管理实施模式。在店铺发展初期，一般采取的是作坊型客户关系管理实施模式，由于店铺规模较小，部门设置不完善，老板往往身兼数职，事无巨细，因此并没有太多的时间和精力开展客户关系管理的工作。而在兼职型客户关系管理实施模式中，是由客服人员或运营人员来兼职负责，容易出现客户关系管理的预期受益价值与客服或运营人员本职能的考核指标相冲突的情况。

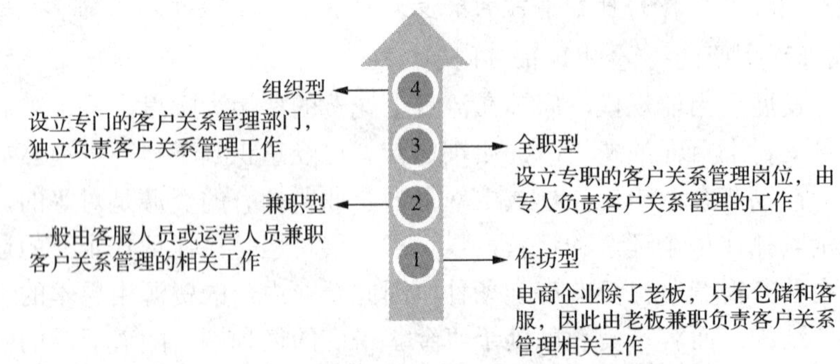

图 3-1　客户关系管理实施的模式

因此，在兼职状态下，客服或运营人员很可能无法全身心做好客户关系管理工作。所以说，作坊型和兼职型客户关系管理的实施比较困难，难以取得良好的成效。处于这两个阶段的商家，客户关系管理的实施效果完全取决于负责客户关系管理工作人员的客户关系管理的意识，换句话说，就是执行客户关系管理的人员是否具有“以客户为中心”的意识。

（2）全职型客户关系管理实施模式

当店铺发展到一定规模，拥有一个由十几人组成的小团队时，在团队中除了客服人员与仓储人员，基本上会有一个运营人员负责店铺总体运营的策划、推广等工作，在这种情况下，店铺就需要设立与运营人员平行的客户关系管理专职人员，专门负责客户关系管理的相关工作。在工作中，由客户关系管理专员负责店铺老客户的互动规划工作，运营人员主要负责新客户引流导入、营销活动的跟进等。

当然，在某些大型活动中，也需要客户关系管理专员与运营人员协同合作。例如，在“大促”中，除了需要运营人员负责营销策划、引流导入的工作，还需要客户关系管理专员通过刺激老客户的参与度驱动“大促”活动初期流量的流入，而“大促”活动的内容也可以成为客户关系管理专员挽回和激活流失客户的有效方式。因此，在全职型的客户关系管理实施模式中，运营人员与客户关系管理专员的同心协力是推动客户关系管理顺利实施的关键动力。

在全职型客户关系管理实施模式中，客户关系管理专员需要与运营门部进行捆绑，即客户关系管理专员是运营部门中的一员，如图 3-2 所示。

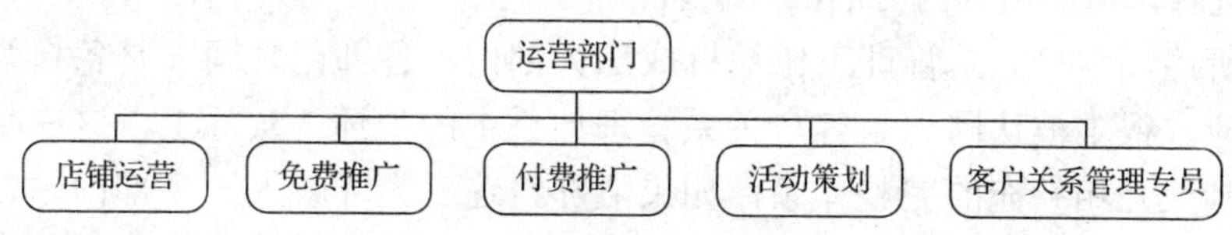

图 3-2　客户关系管理专员在运营部门中的位置

因为在电子商务的运营结构中，店铺运营的中心模块是运营部门，将客户关系管理的职能加入运营部门中，就相当于在店铺的中心部分加入了客户关系管理的职能，而在客户关系管理的初期运作中，客户关系管理的大部分工作是以营销活动为指导的，因此将客户关系管理专员加入运营部门中更有利于客户关系管理的执行。同时，运营部门与客服部门存在着协作关系，这也有利于客户关系管理专员能够与客服等客户体验执行端进行有效的沟通。

（3）组织型客户关系管理实施模式

对于规模更大的电子商务企业来说，工作更加复杂，只设立一个单独的客户关系管理通常拥有数十人甚至上百人的团队，此时客户关系管理承担的工作更加复杂，只设立一个单独的客户关系管理专员根本无法完成全店的客户关系管理工作。因此，企业到了此阶段就需要设立专门的客户关系管理部门，店铺的客户关系管理即进入了组织型客户关系管理实施模式阶段。

3．客户关系管理部门组织架构设计

完整的客户关系管理体系应该建立成一个包括主动营销、互动营销、被动营销在内的闭环体系，才能牢不可破。

客户关系管理专员日常的工作，往往集中在主动营销的环节，因为主动营销是通过短信、邮件等可跟踪到客户 ID 的方式进行的主动联络，通过线上交易，商家完全可以锁定客户的回购响应率等数据，并进行量化操作，因此主动营销就成为客户关系管理的基础工作。

互动营销经常由店铺的 SNS（social networking services，社交网络服务）营销组来负责，互动营销的主要目的是建立客户圈子，为客户向商家发声寻求存在感创造环境，

同时建立客户和客户之间的互动交流，进而为商家的品牌传播服务。

被动营销经常是由商家的AD（advertisement，线上广告）部门所负责的定向推广，推广的目标就是那些潜在客户和购买过的老客户。同时，商家的VI（visual indentity，视觉识别系统）体系、产品包装、事件营销、服务体验等凡是客户可以接触到的商家信息，都会通过这个端口让客户接触到、感受到。对于潜在客户来说，被动营销建立的是第一印象；对于老客户来说，被动营销创造的满意服务或品牌传播能让其更肯定他们之前的购买选择，从而达到内心的品牌认可。

综上所述，客户关系管理工作被拆成三大部门，各部门之间又是各自为政，做不到沟通呼应，很难被认同为是客户关系管理体系中的一环。实际上，这三个部门应该是互相牵制又互相补充的完整体系，如果能够将这三大环融入一个部门中，将会形成一个完美的客户关系管理部门。理想的客户关系管理部门结构如图3-3所示。

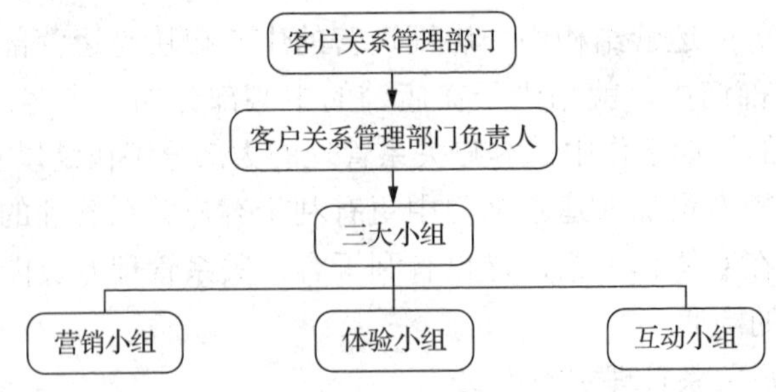

图3-3　理想的客户关系管理部门结构

（1）第一层级：客户关系管理部门负责人

客户关系管理部门负责人除了负责监管分配三大小组的正常工作外，还需要负责其他诸项工作：对内，需要设计商家/品牌的老客户发展全案策划，通过优化客户整体购物体验环节、客户互动品牌活动及客户接触点设计来创造客户对商家/品牌的惊喜感；对外，需要以客户关系管理部门名义联合发起多部门协作，为其他部门或总经理提供相应数据及资料，同时要争取其他部门或总经理的资源，用于支持补充本部门活动的顺利开展及完成。

由此可以看出，客户关系管理部门负责人的任务很重，一般可以由总经理或副总级别高管兼任此部门，而这个人是最需要达到懂产品、懂客户、懂运营的“三懂”人才。而具有这些能力的人才，在店铺的运营中势必有一定的话语权，能够为客户关系管理部门争取到更多的资源。

（2）第二层级：三大小组

1）营销小组。营销小组可由一人负责，也可由多人负责。

此部门主要是借助于客户关系管理软件来进行客户分析、客户管理和客户营销，并通过客户订单数据及其他多维度数据进行客户需求深度挖掘。在营销的同时，为其他部门提供参考数据。营销小组的工作内容主要有单次活动设计与分析、多次活动设计与分析对比、大型活动多波段设计与分阶段性效果分析、客户订单分析、客户人群分析、客户购买习惯分析，以及客户激励体系研发设计与优化（会员体系、积分体系）等。

2）体验小组。体验小组可由一人负责，也可由多人负责。

通常很少有电商企业会设置这个岗位，但体验小组的人员在客户体验环节中占据着非常重要的地位，类似于传统行业中的试睡员、试吃员等这样的身份。他们以客户的身份参与到商品或服务的交易中，并在体验过程中不断寻找可优化的问题点进行迭代升级，然后回到商家的角度去思考如何为客户创造惊喜感。

这个岗位需要非常细心的人来负责，负责人要能在细节问题上提出需求和优化方案。体验小组的主要工作内容有产品使用体验及优化、包装材质样式的挑选及优化、购物体验优化、包裹体验优化、服务体验优化，以及客户调研收集与整理等。

3）互动小组。互动小组可由一人负责，也可由多人负责。

常规上，电商企业将此部门定义为SNS部门，重点是建立忠诚客户的社区社群，并且引领客户以意见领袖身份为品牌背书传播，因此说它是管理客户的“声音”部门也不为过。

由于互联网化带来的“地球村”概念，品牌如果想有所发展必须寻找并塑造出忠诚于品牌的用户人群，而品牌以官方身份去主动接触客户、回应客户，则有利于品牌寻找到目标客户后，借此来进行品牌对外的形象塑造。因此，这个部门的人员更像是各个传播渠道中外部忠诚客户的管理员与组织者。互动小组的主要工作内容是社群的建立与管理、新媒体渠道的建立与管理、借用新媒体形式去推广品牌形象，以及借用新媒体内的客户影响力来拓展新媒体内品牌认知度的普及率。

二、客户关系管理中KPI的设置

KPI是为了达到预期结果而设定的指标，这些KPI指标既可以对客户关系管理业务产生影响，也可以督导相关业务策略执行过程中的效果。

1．客户关系管理中KPI设置存在的误区

很多商家在为客户关系管理设置KPI时会陷入一个误区，他们将客户回购率和ROI定义为客户关系管理的KPI，这往往导致客户关系管理实施以失败告终。那么，为什么不能将回购率和ROI设置为客户关系管理的KPI呢？

首先，客户回购率是一个综合性的指标，它会受到多种因素的影响，对其影响最明显的一个因素就是新客户的引入量。假设一个商家参加了淘宝的聚划算活动，虽然

活动中客户回购率高达98%，但其新客户导入率却只有0.6%，这样肯定不能认为该商家实施的客户关系管理是健康的、合理的。因此，我们不能简单地将客户回购率作为衡量一个店铺成长能力的标准，而应该将客户回购率拆解成更细分的标准，如老客户的重复购买率、新客户的二次回购率等。

其次，ROI也不能作为客户关系管理的KPI，因为商家开展的所有营销活动的基础是客户分层。换句话说，ROI的基础是客户分层，而不同的客户分层有不同的回购表现。因此，当客户分层的维度没有在同一水平线上时，ROI就没有可比性。例如，流失客户的ROI与活跃客户的ROI做对比，其结果肯定是活跃客户的ROI高于流失客户的ROI。ROI只是一个数据表现，科学的营销策略决定了ROI数据的意义，商家要做的是对同一概念范畴下的不同动作的ROI指数进行分析。ROI是用来进行客户组之间的行为比对的，单看一个孤立的数据是没有意义的。

2. 客户关系管理的KPI的内容

客户关系管理中的KPI主要包括三个方面，即客户回购率指标、客户满意度指标及订单运行效率指标，如图3-4所示。

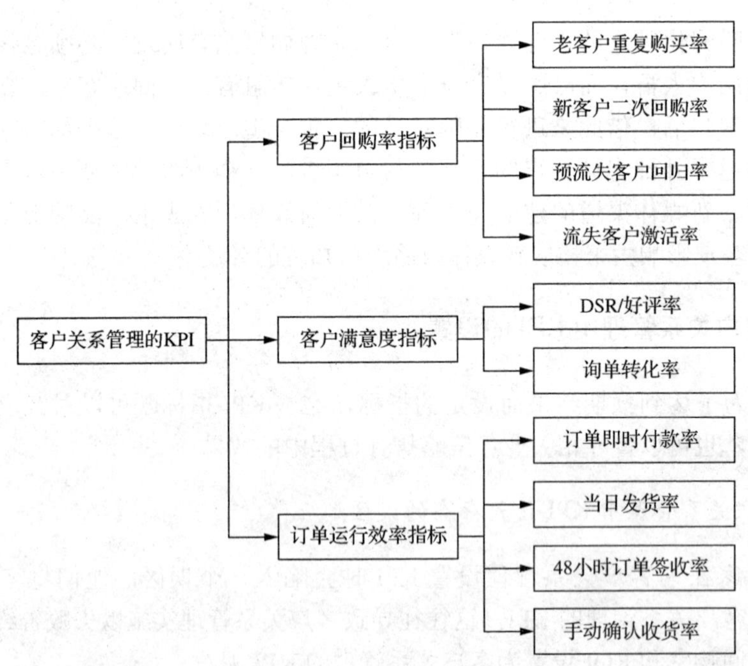

图3-4 客户关系管理的KPI设置

（1）客户回购率指标

客户回购率中各项细分指标的释义如表 3-5 所示。

表 3-5　客户回购率中各项细分指标的释义

指标名称	指标说明
老客户重复购买率	多次在店铺中消费的老客户在客户总数中所占比例
新客户二次回购率	在店铺有过一次交易记录的客户有多少人会再次来店铺购买商品
预流失客户回归率	即将从店铺流失的客户有多少人被唤回店铺再次购买
流失客户激活率	店铺流失的客户有多少人又被重新唤回店铺

在客户回购率的各项指标中，商家要注意分清主次，因为在商家策划的针对老客户的多种活动中，商家是无法做到兼顾所有指标的。一般来说，商家要针对不同的老客户营销活动设置不同的数据目标。对于大多数商家来说，由于只在店铺交易过一次的客户和流失客户的数量非常多，那么店铺在设置客户关系管理的 KPI 时应该主要集中在新客户二次回购率上。

（2）客户满意度指标

客户满意度评估的是店铺内部的服务能力，其主要考核两个指标：DSR（detail seller rating，卖家服务评级）/ 好评率和询单转化率。其中，DSR/ 好评率则体现了店铺服务的整个服务过程能否让客户满意，询单转化率体现了店铺在服务起点能否让客户满意，这两个指标的变动能很好地反映出店铺的服务能力。如果将询单转化率进行进一步的拆解，就可以得到询单响应时间、询单响应率、客服专业知识能力等细分标准。

在客户关系管理的实际操作中，很多店铺执行 DSR/ 好评率的程度要更高。例如，有的店铺要求客户关系管理专员对发表的评价内容比较长的客户进行人工识别，判断此客户对这次购物经历是否满意，以此评估客户的满意度。

其实，除了 DSR/ 好评率和询单转化率，客户满意度中还包含着一个指标，即客户传播率。一个客户只有对交易满意，才会愿意向别人传播这次交易经历，帮助店铺形成口碑营销，因此口碑营销的形成过程与客户在交易过程中的体验效果密切相关。但是，由于很难将传播量化，所以在客户关系管理的 KPI 中通常不将客户传播率作为考核指标。

（3）订单运行效率指标

在客户关系管理的操作中，很多商家会忽视订单运行效率这个指标，而且很多客户关系管理的负责人不明白这个指标与客户关系管理有何关系。

其实客户关系管理的实施就是店铺内部运营能力的整合过程，一个店铺要想在客户关系管理上取得好成绩，就需要有良好的内部运作能力，这样才能更好地维护好客户。例如，对于店铺来说，提高发货速度，能缩短订单运作流程，进而降低成本，提高效率；而对于客户来说，店铺更快地发货他们就能更早地收到商品，也就有更好的购物体验，具有更高的满意度。

订单运行效率的所有指标就是一个从询单转化到订单处理的流程，关键在于缩短订单处理时间，提高订单运行效率。订单运行效率各项细分指标的释义如表 3-6 所示。

表 3-6　订单运行效率各项细分指标释义

指标名称	指标说明	指标意义
订单即时付款率	在系统规定的时间内付款的客户在所有付款客户中所占的比例	反映了客户对店铺的信任度，该数值越大，说明客户对店铺信任度越高，付款时不犹豫
当日发货率	当日付款、当日完成发货的订单在所有发货订单中所占的比例	该数值越大，表明店铺内部的订单处理能力、收发件能力越强，但这个指标容易受到快递等外部因素的影响
48 小时订单签收率	在 48 小时内完成签收的订单在所有签收订单中所占的比例	该数值越大，表明快递的效率越高，客户越能尽快收到商品。该指标直接受到快递的影响，一般可以通过与多家快递公司协调合作来提高订单签收率
手动确认收货率	客户手动确认收货的订单在所有确认收货的订单中所占的比例	该数值越大，表明客户与店铺的互动程度越高，客户的好评率越高

在实际的操作中，客户关系管理需要根据店铺所经营的商品品类及运营情况设置 KPI。例如，对于快消品和时尚品来说，商品本身就具有很高的重复购买能力，所以在设置 KPI 时可以将客户回购率作为关键性指标；而对于耐用品来说，其商品自身没有较高的重复购买力，客户关系管理运营的重心应放在提高转化率和口碑营销上，那么在设置 KPI 时可以将客户满意度和订单运行效率作为重点指标。

三、客户关系管理部门人员设置及其职责

由于客户关系管理是在近几年才开始逐渐被越来越多的商家重视起来，其各方面的发展有待成熟，客户关系管理人才也较为稀缺。在电子商务人才招聘中，很难招聘到一个具有专业客户关系管理运营能力的人才，因此多数商家开展客户关系管理时采用的是内部培养客户关系管理人才，外部配合客户关系管理运营服务商的协助来组建自己的客户关系管理团队。

1. 客户关系管理人员能力要求

在电商企业中，普遍存在着客户关系管理人员能力低、不作为、被动式、对客户关系管理工作无深度思考和挖掘的情况。由于这些原因，导致客户关系管理部门在电商企业整体架构中的比重越来越低，渐渐沦为短信需求征集中心和短信发送站。

那么，什么样的客户关系管理人才才是电商企业最急需的？一个好的客户关系管理人员，无疑应该符合这些要求：知道客户想什么，知道自己卖什么，知道应该怎么做，对应到能力要求上，就是懂客户、懂产品、懂营销，如图 3-5 所示。

（1）懂客户

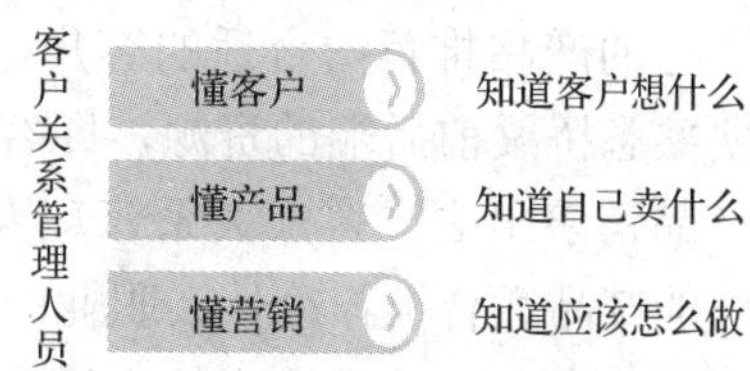

图 3-5　客户关系管理人员的能力要求

客户关系管理是一种针对电商企业老客户而开展的关系维系与管理工作，我们平常所说的客户关系管理服务商提供的客户关系管理营销，其实是一种客户关系管理主动营销工具，范围较窄，只能算是客户关系管理营销体系中的一部分。从电商企业或品牌生命力来看，客户关系管理营销的主要目的是拥有长期忠诚客户并依据客户需求不断进行商品研发以满足用户对品牌的认可。这种基于客户对商品的认可程度而不断跟进满足管理客户需求的客户关系管理营销体系，才能算是真正意义上的客户关系管理营销。因此，客户关系管理必然是需要研究客户、琢磨客户、猜测客户、想象客户的，是要以客户的想法为出发点才能去行动的营销。

客户的行为、客户的数据等都是开展客户关系管理的基础。从事电子商务首先要对购买自己商品的客户充分了解，知道他们是什么样的人，能为电商企业带来多少效益。

大多数电商企业都会从客服部门安排员工来专门负责客户关系管理部门的相关工作，但这么做有利有弊。首先，一个客服人员即便是非常努力地接待客户，按一天接待 50 个客户（与客户之间有沟通聊天的内容），一年之内接待的客户总数也不超过 2 万，而在店铺产生真实交易行为的客户数量肯定要远远超过这个数据。在几十万客户量的基础上，仅凭借“和客户聊过天”就认定这个员工是了解全店客户的，未免有点偏颇。作为客户关系管理专员，需要通过对数据进行细分来了解所有客户中的某个群体具有什么特征，另一群体又具有何种特征，各个不同的群体有什么购物习惯等。因此，客户关系管理专员面对的不再是一对一的客户，而是一对多的数字化的客户群。其次，客服岗位的员工需要具备的技能是能熟练使用电子商务在线聊天工具，能快速解决单个客户的需求，当店铺开展促销活动时，他们只需要将由其他部门提供的商品价格和活动优惠等信息进行复制粘贴传递给客户即可。但是，作为客户关系管理部门的人员，需要熟悉店铺所有客户的购物特点，要对不同购物时间下单的客户人群、购买偏好都了如指掌，而这些都是需要拥有数据分析能力才能做到的。

因此，客户关系管理人员对客户进行的分析是有方向和依据的。这就要求客户关系管理人员具有数据分析能力，需要掌握客户关系管理软件中的数据挖掘能力的，具备 Excel 表格的数据算法及数据对比等与数学有关的能力，而这又恰恰是客服转岗过来的人员需要迅速学习和掌握的能力。如果一个由客服转变而来的客户关系管理人员不能迅速补充并掌握这些能力或技能，在后面的客户关系管理工作中将会步履维艰。

（2）懂产品

产品是商家销售的成品，是客户的购买需求，也是商家获得利润的源泉。对于客户关系管理营销来说，一种最简单的理解就是：客户关系管理的主要作用就是让商家将合适的产品推荐给合适的客户。客户关系管理人员作为桥梁的重要连接媒质，势必需要熟悉桥梁前后端的资源，即客户和产品。只有两端都熟悉，才能牵对线、连对人，将产品销售出去。客户关系管理人员要清楚地知道什么样的客户喜欢什么样产品；什么样的产品适合推荐给什么职业的人群。

因此，客户关系管理的本质决定了客户关系管理人员需要熟知店铺内产品的品类、卖点、原料、风格、使用说明、搭配和特色等信息，还需要掌握大部分热销款产品的销售增长率、老客户之间的连带购买能力、产品利润空间、可让利多少反补给老客户以建立客户对产品的认同感，以及对客户等级的福利享受等，这些都是基于产品才能得到准确的分析结果。不同的产品有不同的客户群，清楚地掌握各类产品的信息，为客户提供其喜欢的商品，客户才更愿意为产品买单。

因此，客户关系管理人员需要懂产品、研究产品，虽然不要求其对产品的了解达到产品经理具有的水平，但一定要达到能够对客户提出的关于产品的问题随口解答的程度。

（3）懂营销

营销将客户和产品连到了一起，正是有了营销这个环节，才能让“客户—购买—产品”这个行为真正地成立，交易的完成则代表着营销的胜利。

人们通常认为“营销”是一种非常专业的活动，觉得非专业人士不能完成这项工作。但其实只要懂得“用心”，普通人也能将它做好，用心找出产品的某一个亮点，形成一种“饵”，不断吸引着容易被这个亮点所打动的人群来关注产品并愿意付钱购买，这样就完成了交易。

让客户看到或听到或感受到产品的某个特点，并强烈突出这个特点，给客户创造一种非他不可的感觉。如果要想达到这样的效果，拥有前两项能力就尤为重要。知道客户的喜好，了解产品的优势，有了这样的数据背景，也就为设计产品亮点奠定了基础。因此，我们在客户关系管理主导的短信营销活动中如何设计合理的短信话术就显得尤其重要。因为在短信营销中我们需要做到仅用几十个文字就能表达出产品或活动的最大特点，吸引接收对象的注意力。

对于行业中成功的营销案例，我们应该做的不是学习案例本身，而是应该对案例进行研究。这个活动为什么要采取这种形式？这个形式强调或表现出来的让人印象最深的点在哪里？为什么客户愿意参与这个活动？参与的人群又是为了满足自己什么样的需求？这样深思才能有所收获，这也是客户关系管理人员学习营销技能的途径之一。

2. 客户关系管理人员职责设置

在电子商务行业中，能做到“懂客户、懂产品、懂营销”的人是非常少的，通常一个运营人员是需要具备这些素质的。因此，电商企业在任命客户关系管理部门的负责人时，通常是让运营人员转岗负责客户关系管理，其他部门或岗位上的人并不能承担客户关系管理的相关工作。如果电商企业采取从企业内部其他部门转岗任命客户关系管理部门负责人的方式来开展客户关系管理的相关工作，要注意避免内部人员的随意任命，人员能力匹配客户关系管理岗位职能是保证客户关系管理能有效落实的必要条件。

客户关系管理岗位的职能范围就是数据分析、营销活动管理、体验建设及其他客户关系管理日常工作。具体来说，客户关系管理专员的核心工作包括的内容如表3-7所示。

表3-7 客户关系管理专员的核心工作内容

工作内容	具体内容
数据分析	跟踪管理店铺内客户关系管理基础数据，如新老客户分布、客户生命周期、客户关联分析、客户所处地区分析、客户特征分析等，同时跟踪客户关系管理考核指标覆盖的客户满意度指标、回购指标、流程能力指标等各项数据，以指导店铺客户关系管理优化方向
营销活动管理	根据数据分析的结果及全店铺的运营规划和策略策划相应的活动，激励客户参与，为店铺创造老客户收益
体验建设	挖掘体验项目，规划体验项目的实施内容，有效实施体验项目并对实施结果进行跟踪，对成功实施的体验项目进行包装，以推进品牌传播
其他客户关系管理日常工作	客户询单分析，客户评价分析，对客户进行节假日关怀、生日关怀等

3．客户关系管理专员的能力要求

要想做好客户关系管理，作为客户关系管理专员应该具备哪些能力？客户关系管理专员应该从哪些方面提高自身的业务能力？下面从五个方面进行详细介绍。

（1）懂得选择最合适的客户

目标客户是营销活动的核心，营销活动是为了有效地向目标客户传导营销诉求和利益点，以达到预期的收益目标，营销方案与目标客户的匹配程度决定了营销活动的响应率和ROI。因此，懂得分析客户特性，选择合适的客户实施营销方案是客户关系管理专员必备的一种技能。

在进行客户筛选时，很多客户关系管理专员容易陷入一种误区：选择最优质的客户做营销活动，活动的效果会更好。但实际上最优质的客户并非都适合参与所有的营销活动。例如，店铺准备对几款滞销的连衣裙进行清仓打折活动，需要筛选一批目标客户进行短信营销。

对于店铺的最优质客户来说，他们已经持续地进店浏览过商品并进行了购买，对店铺的商品早已经了如指掌，而且已经购买过畅销款连衣裙，如果客户关系管理专员简单地将这些优质的客户作为目标客户，向其推荐打折商品，很明显这种商品不符合其需求，还可能会让之前以正价购买的客户对店铺产生负面印象。

如果客户关系管理专员将从入夏以来在店铺里拍下过这几款连衣裙，但最终没有付款也没有购买其他连衣裙的客户作为目标客户，将会收到不错的营销效果。因为这

些客户之前曾经拍下过这些商品，说明他们对这几款连衣裙有兴趣。另外，未购买其他连衣裙说明他们对于连衣裙可能还存在需求，其中价格肯定是一个重要因素，此时让他们知道连衣裙的促销活动，用优惠的价格必能刺激他们产生购买的欲望。

因此，客户关系管理专员需要时刻提醒自己："选择最合适的客户，而不是最优质的客户。"

（2）先设计营销方案还是先选择目标客户

有的人可能对是"先设计营销方案，再有目标客户"，还是"先选择目标客户，再根据目标客户特征设计营销活动方案"存在疑问，其实这两种做法都是合理的，它们本质的区别是营销观念的不同。在当前的电子商务发展中，电商企业为了赢得更多的客户，提升店铺销量，会通过广告、营销活动、打折促销等活动让客户成为自己的会员，而客户不断在店铺内消费则成为店铺的主要 KPI。这就导致目前大部分电商企业的客户关系管理是以营销活动驱动客户筛选来展开的，这是由当前电商行业发展趋势所决定的。

此外，以细分客户为主导的营销活动策划需要建立在拥有大量的客户基数并对客户数据挖掘有深刻理解的前提下。显然，对于处于发展中的电商企业来说，尚不具备大量客户基数和客户数据挖掘能力，目前也只有部分大型的线下快消品企业有能力以客户为导向制订商品策略和营销计划。

因此，只能说以营销活动为导向的客户筛选能够更好地适应当前电商行业快节奏发展的时代背景。当线上电商发展成熟，也就会逐渐出现以客户为导向的营销策划的变化，这只是时间问题。

（3）坚持以客户为中心的营销

通常来说，客户筛选的方法决定了营销的类型，如图 3-6 所示。

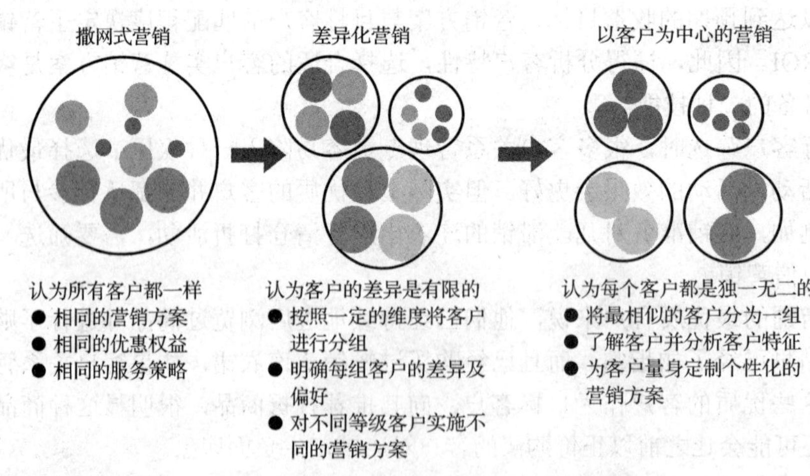

图 3-6　营销方式的转变

一些商家“眉毛胡子一把抓”，只懂群发和随机筛选的叫作撒网式营销；根据 R 值将客户分为三组，取出其中一组客户对其进行针对性营销活动的营销方式叫作差异化营销；根据 RFM［recency（最近一次消费）、frequency（消费频率）、monetary（消费金额）］的三个维度结合客户对商品的偏好设计精准营销活动的营销方式叫作以客户为中心的营销。

客户关系管理专员常常会面对“营销成本有限，营销目标不变”的挑战，在这种难题下提高 ROI 是必然的选择。毫无疑问，以客户为中心的营销是提高 ROI 的最有效方式。

（4）懂得客户筛选维度的组合

要实现以客户为中心的营销，显然需要有丰富的筛选维度，最常使用的筛选维度主要有客户属性、消费信息和活动信息三大类。根据这三大类筛选维度可以整理出比较完整的客户筛选维度，因为每一类属性下都有许多细分维度可以用来进行客户筛选。例如，客户属性可以细分为基础属性、平台属性、会员属性和自定义属性等，其中基础属性又可以划分为姓名、性别、生日、城市、职业等。

通过消费信息属性可以筛选出不同消费特征的客户，而客户属性则可以区分客户属性的差异。为了找到“最合适的目标客户”，客户关系管理专员通常需要将多种属性的筛选条件组合起来，以提高客户筛选的精准度。图 3-7 所示为多重属性组合筛选实例。

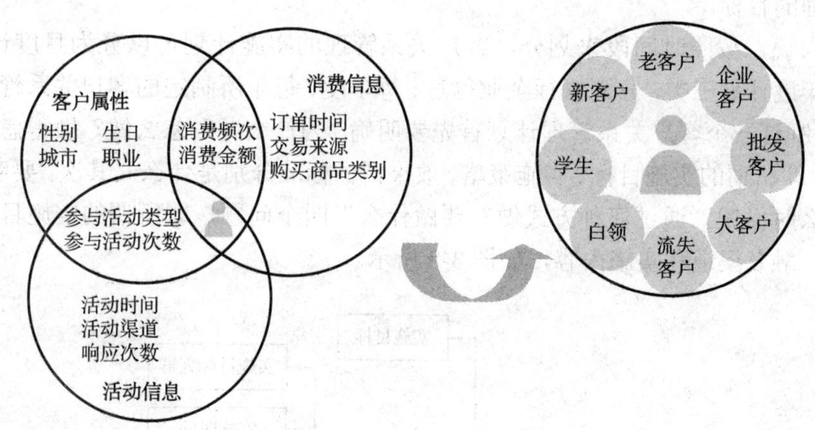

图 3-7　多重属性组合客户筛选

（5）懂得运用客户组的复合筛选

在营销活动的客户查询过程中，客户关系管理专员经常会遇到一些无法通过筛选条件组合来完成客户筛选的特殊情况，此时客户关系管理专员可以运用复合筛选的方法解决，常规的复合筛选有排除、交集、合并、排重、拆分和抽样，如表 3-8 所示。

表 3-8　复合筛选客户的方法

复合筛选方法	操作方法	示例
排除	找出属于 A 组但不属于 B 组的客户	从新客户中排除参与聚划算的客户；从所有客户中排除新疆地区的客户
交集	找出属于 A 组也属于 B 组的客户	找出女性客户中的单笔订单交易额高的客户；找出北京市的至尊 VIP 会员客户
合并	找出属于 A 组或属于 B 组的客户	找出店铺中的高级会员，并找出店铺的 VIP 会员；找出参加过聚划算的客户，并找出参加过淘抢购的客户
排重	把同属于多个组的客户确定为唯一分组	如果某客户同时购买过 A、B、C 三款商品，优先将该客户分到 A 商品组，其次是 B 商品组，最后是 C 商品组，这样对于同时购买过 A、B 两款商品的客户，就会因为优先级而被划分到 A 商品组
拆分	按照不同的维度值将客户进行分组	将客户按照普通会员、高级会员、VIP 会员、至尊 VIP 会员等四个会员等级分为四组；将客户按照累计消费金额分为累计消费 500 元、累计消费 1000 元、累计消费 1500 元三个组别
抽样	从不同纬度中抽取一定数里的客户	从新客户中随机抽取 200 人；从高级会员中抽取 50% 的客户

4. 客户关系管理实施计划的设计

在电子商务客户关系管理的具体实施过程中，电商业除了要构建符合自身发展需求的客户关系管理组织架构并设置明确的岗位职责之外，还需要制订合理的客户关系管理规划，即客户关系管理执行计划。由于客户关系管理是一项系统工程，每一项考核指标都需要一定的时间才能取得成果，因此电商企业需要制订有效的计划来实现客户关系管理的目标。

通常来说，按照时间段来划分，客户关系管理的实施计划可以分为月度计划、季度计划和年度计划三类，分别执行企业每月、每季度、每年所制定的客户关系管理策略。简单来说，制订一个客户关系管理计划首先要明确“为什么做？怎么做？做得怎么样？”三大问题，即所谓的实施目标、实施策略、效果评估标准分别是什么。其次，要明确“对谁做？什么时候做？通过何种方式做？要做什么”四个问题，即所谓的实施目标人群、实施时间、触发渠道和实施内容，如图 3-8 所示。

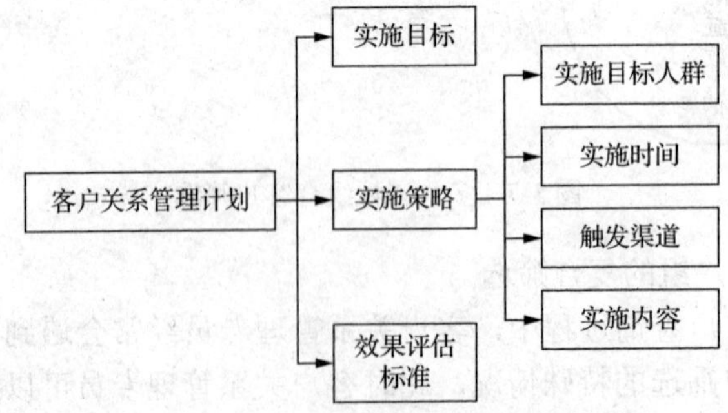

图 3-8　客户关系管理计划应具备的必要内容

综上所述，目标设计通常会与效果评估标准中的一项或几项评估标准相对应，因为这样的设计有利于在计划实施之后更好地对客户关系管理人员的执行效果进行评估。表 3-9 列举了某商家制订的客户关系管理实施计划。

表 3-9 某商家制订的客户关系管理实施计划

实施时间		目标人群	客户关系管理目标	触发渠道	实施内容
付款后	当天	付款的客户	订单确认	短信、聊天工具	亲，请核对订单信息哦，让我们将您的宝贝准确无误地送到您手中
未付款	当天	拍下后未付款的客户	付款提醒	短信、聊天工具	亲爱的 ××（买家名字），您在本店拍下的宝贝还未付款哦，宝贝已经迫不及待想要您将她带走啦～有疑问请您咨询我们的客服哦
发货后	当天	发货的客户	发货提醒	短信	亲，您购买的商品已经被 ××（快递名称）带走啦！快递单号 ××××，2～3 天即可送到您手中，请注意当面验收，以免缺损，有问题请联系我们的客服哦
验收	快递送达	验收客户	验收提醒	短信、聊天工具	亲，您的快递正在派件中，收货时，请检查快递外包装是否完整，确认无误再签收哦！有任何问题请联系我们在线客服，他们将会为您服务
确认收货	快递签收后 7 天内	确认收货客户	客户关怀	会员升级，优惠券，红包	亲，您的商品已显示签收，有问题请加微信 ××××，获得老板亲自为您服务，还有现金红包哦
签收后	交易结束后 7 天	完成交易的新客户	二次回购	短信	纯植物精华，不含酒精与香料，推荐商品爽肤水，打造嫩滑脸蛋，让您的肌肤挤出水来，今日专属特惠立减 30 元
	交易结束后 30 天	完成交易的新客户	营销	短信	亲爱的，您使用商品已经一个月，使用中有任何问题都可以联系我们的美容客服哦。相识是缘，30 元店铺优惠券送上
					亲，您是店铺会员用户，之前购买本店的商品记得吗？加店长微信 ××× 可领优惠券，送超值红包，活动截止到今天哦
	交易结束后 60 天	完成交易的新客户	客户关怀	短信	亲爱的，商品使用完记得及时补货哦！与您相知 60 天，我们一直陪在您身边！今日新品六折优惠，再送您 30 元红包，可叠加使用哦

该商家制订的客户关系管理实施计划是一个季度计划，其阶段性目标是实现店铺新客的二次转化，即通过客户关系管理相关策略让初次在店铺购买商品的客户产生回

购。为了实现目标，商家除了选择在客户付款后、未付款、发货后、验收、确认收货等关键环节进行常规的客户关怀之外，还特别在客户交易结束后7天、30天及节假日对新客户进行关怀，以优惠券、红包等方式刺激客户二次回购。整个客户关系管理实施计划持续一个季度，商家只要对该季度内新客户二次转化进行监控，就能获得该计划的实施效果。

而有的客户关系管理实施计划实施时间会比较长，如完全以客户关怀为目的的节假日关怀计划。通常来说需要将这种客户关怀计划规划在年度客户关系管理实施计划中，然后落实到月度客户关系管理计划或季度客户关系管理计划中去实施。

制订客户关系管理实施计划是为了让客户关系管理部门在执行客户关系管理的过程中目标更加清晰，提高实施效果。在具体的实施过程中，通常需要将客户关系管理计划与店铺的运营策略进行结合，因为在许多节点上运营和客户关系管理存在资源互补的情况，将两者进行结合可以有效地提高客户关系管理的实施效果。

任务实施

第一步：组织和引导学生讨论并思考客户关系管理有几种实施模式。

第二步：组织和引导学生讨论并思考在销售中，客户关系管理能做些什么。

第三步：组织和引导学生讨论并思考怎样实施客户关系管理计划。

第四步：结合学生讨论结果进行总评。

参考文献

谷再秋，潘福林，2013．客户关系管理 [M]．2 版．北京：科学出版社．

扈健丽，2010．客户关系管理 [M]．北京：北京理工大学出版社．

李海芹，2013．客户关系管理 [M]．北京：北京大学出版社．

邵兵家，2010．客户关系管理 [M]．北京：清华大学出版社．

汤兵勇，2010．客户关系管理 [M]．北京：电子工业出版社．

王广宇，2004．客户关系管理方法论 [M]．北京：清华大学出版社．

邬金涛，严鸣．2014．客户关系管理 [M]．北京：中国人民大学出版社．

夏永林，顾新，2011．客户关系管理理论与实践 [M]．北京：电子工业出版社．

检